Flora & Ulisses

As Aventuras Ilustradas

Flora & Ulisses

As Aventuras Ilustradas

KATE DiCAMILLO

Ilustrações: K. G. Campbell

Tradução: Monica Stahel

wmf **martinsfontes**

SÃO PAULO 2014

Ortografia atualizada

Esta obra foi publicada originalmente em inglês com o título
FLORA & ULYSSES: THE ILLUMINATED ADVENTURES
por Walker Books Ltd
Copyright © texto, Kate DiCamillo, 2013
© ilustrações, Keiter G. Campbell, 2013
Publicado por acordo com Walker Books Ltd, Londres, SE11 5HJ.

Copyright © 2014, Editora WMF Martins Fontes Ltda.,

São Paulo, para a presente edição.

1ª edição 2014

Tradução
Monica Stahel

Acompanhamento editorial
Márcia Leme

Revisões gráficas
Ana Paula Luccisano
Marisa Rosa Teixeira

Edição de arte
Katia Harumi Terasaka

Produção gráfica
Geraldo Alves

Paginação
Lilian Mitsunaga

Dados Internacionais de Catalogação na Publicação (CIP)
(Câmara Brasileira do Livro, SP, Brasil)

DiCamillo, Kate
    Flora & Ulisses : as aventuras ilustradas / Kate DiCamillo ; ilustrações K. G. Campbell ;
tradução Monica Stahel. -- São Paulo : Editora WMF Martins Fontes, 2014.

Título original: Flora & Ulisses : the illuminated adventures.
ISBN 978-85-7827-865-6

1. Ficção - Literatura infantojuvenil I. Campbell, K. G.. II. Stahel, Monica. III. Título.

14-06083   CDD-028.5

Índices para catálogo sistemático:
1. Ficção : Literatura infantil 028.5
2. Ficção : Literatura infantojuvenil 028.5

Todos os direitos desta edição reservados à
Editora WMF Martins Fontes Ltda.
Rua Prof. Laerte Ramos de Carvalho, 133   01325-030 São Paulo SP Brasil
Tel. (11) 3293-8150 Fax (11) 3101-1042
e-mail: info@wmfmartinsfontes.com.br http://www.wmfmartinsfontes.com.br

Para Andrea e Heller, super-heróis para mim

K. D.

Para o Papai, que seguiu seu caminho

K. G. C.

NA COZINHA DOS TICKHAM, NUM FIM DE TARDE DE VERÃO...

PARABÉNS PRA VOCÊÊÊÊ.

O QUE É ISSO, DONALD?

É SEU PRESENTE DE ANIVERSÁRIO. É UM ULISSES SUPERSUCÇÃO, MULTITERRENO 2000X! FELIZ ANIVERSÁRIO!

É UM ASPIRADOR DE PÓ.

É UM ULISSES 2000X!

ISSO AÍ É A JOIA DA COROA DOS ASPIRADORES. VEM COM UM FIO EXTRALONGO DE MODO QUE ABSOLUTAMENTE NENHUMA BAGUNÇA, NENHUMA POEIRA, JAMAIS ESTARÁ FORA DO SEU ALCANCE. É INTERNO / EXTERNO. ELE VAI A TODO LUGAR. ELE FAZ TUDO!

LEGAL.

VOCÊ TEM QUE EXPERIMENTÁ-LO. PODE LIGAR!

PELO AMOR DE DEUS, DONALD.

POR FAVOR!

UAU.
EI, EPA.

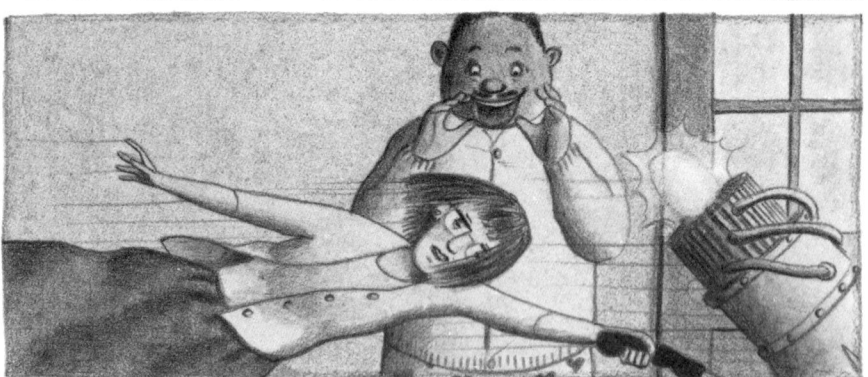

E FOI ASSIM QUE TUDO COMEÇOU.
COM UM ASPIRADOR DE PÓ.
ISSO MESMO.

CAPÍTULO UM
Cínica de nascença

𝓕lora Belle Buckman estava no seu quarto, na sua escrivaninha. Estava fazendo duas coisas ao mesmo tempo. Estava ignorando sua mãe e, também, lendo uma revista em quadrinhos chamada *As aventuras ilustradas do espantoso Incandesto!*

– Flora – gritou sua mãe –, o que está fazendo?

– Estou lendo! – Flora respondeu, gritando.

– Lembre-se do contrato! – a mãe gritou. – Não se esqueça do contrato!

No início do verão, num momento de fraqueza, Flora tinha cometido o erro de assinar um contrato que dizia que ela se "empenharia em largar as histórias em quadrinhos, aquela palhaçada idiota, e voltar-se para as luzes intensas da verdadeira literatura".

Eram exatamente essas as palavras do contrato. Eram palavras de sua mãe.

A mãe de Flora era escritora. Ela era divorciada e escrevia romances.

Olha quem fala em palhaçada idiota.

Flora detestava romances.

Na verdade, ela detestava romantismo.

– Detesto romance – Flora falou em voz alta, para si mesma. Ela gostava do som das palavras. Imaginava-as flutuando por

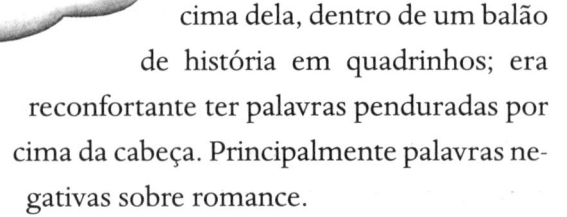

DETESTO ROMANCE

cima dela, dentro de um balão de história em quadrinhos; era reconfortante ter palavras penduradas por cima da cabeça. Principalmente palavras negativas sobre romance.

Muitas vezes a mãe de Flora a acusara de ser uma "cínica de nascença". Flora suspeitava que fosse verdade.

ELA ERA UMA CÍNICA DE NASCENÇA QUE VIVIA DESAFIANDO CONTRATOS!

É, Flora pensou, *essa sou eu*. Baixou a cabeça e voltou a ler sobre o espantoso Incandesto.

Foi interrompida alguns minutos depois por um barulho muito forte.

Era como se um avião tivesse aterrissado no quintal dos Tickham.

– Que diabo foi isso? – Flora disse. Levantou-se da escrivaninha, olhou pela janela e viu a senhora Tickham correndo pelo quintal com um brilhante e imenso aspirador de pó.

Parecia que estava aspirando o pó do quintal.

Não é possível, Flora pensou. *Quem é que tira pó do quintal?*

Na verdade, parecia que a senhora Tickham não sabia *o que* estava fazendo.

Mais parecia que o aspirador de pó estava no comando.

E ele parecia fora de si. Ou do seu motor. Ou alguma coisa assim.

– Está faltando algum parafuso – Flora disse, em voz alta.

Então ela viu que a senhora Tickham e o aspirador avançavam direto para um esquilo.

– Ei, vocês – disse Flora.

Ela bateu na janela.

– Cuidado! – gritou. – Vocês vão sugar aquele esquilo!

Ela disse as palavras, e então por um estranho momento as viu ali, penduradas sobre sua cabeça.

"VOCÊS VÃO SUGAR AQUELE ESQUILO!"

Não dá para prever que tipo de frase a gente é capaz de dizer, Flora pensou. *Por exemplo, quem imaginaria que alguém fosse dizer "Vocês vão sugar aquele esquilo!"?*

No entanto, não importava que palavras ela tinha dito. Flora estava longe demais. O aspirador fazia muito barulho. E também, evidentemente, ele tinha tendência à destruição.

– Esse crime tem que ser impedido – disse Flora, com voz grave e super-heroica.

– Esse crime tem que ser impedido – era o que o modesto zelador Alfred T. Escorregão sempre dizia antes de se transformar no espantoso Incandesto e se tornar o grande e luminoso pilar do combate ao crime.

Infelizmente, Alfred T. Escorregão não estava ali.

Onde estava Incandesto quando alguém precisava dele?

Não que Flora acreditasse em super-heróis. Mesmo assim.

Ela ficou na janela, vendo o esquilo ser sugado pelo aspirador.

Puf. Fvump.

– Santa bagumba! – Flora disse.

CAPÍTULO DOIS
Mente de esquilo

*P*ela mente de um esquilo não passa muita coisa.

Grande parte do que se chama vagamente de "cérebro de esquilo" é ocupada por um pensamento: comida.

A reflexão da média dos esquilos é mais ou menos esta: *O que será que tem para comer?*

Esse "pensamento" se repete com pequenas variações (por exemplo, *Onde está a comida? Caramba, que fome! Aquilo é comida?* e *Tem* mais *comida?*) umas seis ou sete mil vezes por dia.

Isso tudo para dizer que, quando o esquilo do quintal dos Tickham foi engolido pelo Ulisses 2000X, pela cabeça dele não passaram muitos pensamentos profundos.

Quando o aspirador veio rugindo, ele não pensou (por exemplo): *Finalmente, meu destino está vindo ao meu encontro!*

Ele não pensou: *Oh, por favor, me dê mais uma chance que eu vou ser bonzinho.*

O que ele pensou foi: *Caramba, que fome!*

E então houve um rugido terrível e ele foi sugado.

Nesse momento, sua cabeça de esquilo não pensou em nada, nem mesmo em comida.

CAPÍTULO TRÊS
Morte de esquilo

*P*elo visto, engolir um esquilo foi um pouco demais, mesmo para o poderoso, indomável, interno / externo Ulisses 2000X.

O aparelho de aniversário da senhora Tickham soltou um rugido hesitante e emudeceu.

A senhora Tickham se endireitou e baixou os olhos para o aspirador de pó.

Havia um rabo espetado para fora dele.

– Meu pai do céu – disse a senhora Tickham –, e agora?

Ela se ajoelhou e deu um puxão no rabo para ver o que acontecia.

A senhora Tickham ficou de pé. Olhou à sua volta.

– Socorro – ela disse –, acho que matei um esquilo.

CAPÍTULO QUATRO

Uma cínica surpreendentemente prestativa

$\mathcal{F}$lora saiu correndo do quarto. Desceu a escada correndo. Enquanto corria, ela pensava: *Para ser cínica, até que sou uma pessoa surpreendentemente prestativa.*

Ela saiu pela porta dos fundos.

Sua mãe a chamou: – Aonde você vai, Flora Belle?

Flora não respondeu. Ela nunca respondia quando a mãe a chamava de Flora Belle.

Às vezes também não respondia quando a mãe a chamava de Flora.

A menina correu pela grama alta e com um pulo só transpôs a cerca entre o quintal dela e o dos Tickham.

– Saia da frente – disse Flora. Deu um empurrão na senhora Tickham e pegou o aspirador de pó. Era pesado. A menina o levantou e o sacudiu. Não aconteceu nada. Ela sacudiu com mais força. O esquilo caiu do aspirador e aterrissou na grama, *plop.*

Ele não parecia muito bem.

Tinha perdido um monte de pelos. Flora imaginou que tivessem sido sugados pelo aspirador.

As pálpebras dele tremiam. Seu peito levantou, baixou e levantou de novo. E então parou de se mexer completamente.

Flora se ajoelhou. Pôs um dedo no peito do esquilo.

13

No verso de cada número de *As aventuras ilustradas do espantoso Incandesto!* havia uma série de quadrinhos de brinde. Um dos quadrinhos de brinde favoritos de Flora tinha o título *COISAS TERRÍVEIS PODEM ACONTECER A VOCÊ!* Como era cínica, Flora achava prudente estar preparada. Ninguém podia saber que coisa horrível e imprevista poderia acontecer.

COISAS TERRÍVEIS PODEM ACONTECER A VOCÊ! dizia detalhadamente o que fazer no caso de alguém ingerir sem querer frutas de plástico (isso acontece com mais frequência do que se imagina – algumas frutas de plástico são extremamente realistas); como executar a manobra de Heimlich com sua velha tia Edite se ela engasgasse com um pedaço fibroso de carne num restaurante *self-service*; o que fazer se você estivesse de camiseta listrada e descesse um enxame de gafanhotos (corra: gafanhotos comem listras); e, é claro, como administrar a técnica de salvamento favorita de todo o mundo: a RCP (reanimação cardiopulmonar), geralmente feita pela respiração boca a boca.

No entanto, *COISAS TERRÍVEIS PODEM ACONTECER A VOCÊ!* não explicava exatamente como fazer RCP com um esquilo.

– Vou descobrir – disse Flora.

– O que você vai descobrir? – perguntou a senhora Tickham.

Flora não respondeu. Debruçou-se e pôs sua boca na boca do esquilo.

Tinha um gosto engraçado.

Se tivesse que descrevê-lo, diria que era exatamente gosto de esquilo: felpudo, úmido, com um toque de nozes.

– Ficou louca? – disse a senhora Tickham.

Flora a ignorou.

A menina soprou para dentro da boca do esquilo. Pressionou o peitinho dele para baixo.

E começou a contar.

CAPÍTULO CINCO
O esquilo obedece

*A*lgo estranho aconteceu no cérebro do esquilo.

As coisas se tornaram vazias, escuras. Então, naquele vazio escuro, surgiu uma linda luz, tão brilhante que o esquilo teve que desviar os olhos.

Uma voz falou com ele.

– O que é isso? – o esquilo perguntou.

A luz se tornou mais brilhante.

A voz falou de novo.

– Tudo bem – disse o esquilo. – Certo!

Ele não sabia muito bem com o que estava concordando, mas não tinha importância. Estava muito feliz. Estava flutuando num grande lago de luz, e a voz cantava para ele. Ah, era maravilhoso. Era a melhor coisa que já lhe tinha acontecido.

Então houve um barulhão.

O esquilo ouviu outra voz. Essa voz estava contando.

A luz enfraqueceu.

– Respire! – essa outra voz gritou.

O esquilo obedeceu. Deu um suspiro profundo e trêmulo. Depois outro. E outro.

O esquilo voltou.

CAPÍTULO SEIS
Em caso de traumatismo cerebral

—Bem, ele está respirando – disse a senhora Tickham.

– É – concordou Flora –, está.

Ela sentiu uma onda de orgulho.

O esquilo virou de barriga para baixo. Levantou a cabeça. Seus olhos estavam vidrados.

– Meu pai do céu – disse a senhora Tickham. – Veja como ele está.

Ela deu uma risadinha. Sacudiu a cabeça. Então ela riu alto. Continuou rindo. Riu, riu, riu. Riu tanto que começou a tremer.

Será que ela estava tendo algum ataque?

Flora tentou lembrar o que *COISAS TERRÍVEIS PODEM ACON-TECER A VOCÊ!* aconselhava em caso de traumatismo cerebral. Tinha a ver com tirar a língua do caminho ou imobilizá-la com um pauzinho. Ou alguma coisa assim.

Flora tinha salvado a vida do esquilo; não via razão para não salvar a língua da senhora Tickham.

O sol já ia baixando no céu. A senhora Tickham continuava rindo histericamente.

E Flora Belle Buckman começou a olhar ao redor do quintal dos Tickham, à procura de um pauzinho.

CAPÍTULO SETE

Alma de esquilo

O esquilo estava meio tonto.

Seu cérebro parecia maior, mais espaçoso. Era como se várias portas no quarto escuro do seu eu (portas que ele nem sabia que existiam) de repente tivessem se escancarado.

Tudo estava impregnado de sentido, objetivo, explicação.

No entanto, o esquilo continuava sendo um esquilo.

E ele estava com fome. Muita fome.

QUEM PODE DIZER QUE COISAS ASSOMBROSAS SE ESCONDEM DENTRO DO SER MAIS MUNDANO?

CAPÍTULO OITO

Informações úteis

*F*lora e a senhora Tickham notaram ao mesmo tempo.

– O esquilo – disse Flora.

– O aspirador de pó – disse a senhora Tickham.

Juntas, olharam espantadas para o Ulisses 2000X e para o esquilo, que o estava segurando por cima da cabeça com uma pata.

– Não pode ser – disse a senhora Tickham.

O esquilo chacoalhou o aspirador de pó.

– Não pode ser – disse a senhora Tickham.

– A senhora já disse isso – informou Flora.

– Estou me repetindo?

– A senhora está se repetindo.

– Talvez eu esteja com um tumor no cérebro – disse a senhora Tickham.

Certamente era possível que a senhora Tickham estivesse com um tumor no cérebro. Flora tinha lido em **COISAS TERRÍVEIS PODEM ACONTECER A VOCÊ!** que um número surpreendente de pessoas andava por aí com tumores no cérebro sem saber. Essa era a tragédia. Ele ficava ali, sentado, fazendo companhia para a pessoa, esperando. E a pessoa nem tinha ideia.

Esse era o tipo de informação útil que dava para obter nos quadrinhos se a gente prestasse atenção.

O outro tipo de informação que dava para ter lendo quadrinhos regularmente (ainda mais lendo regularmente *As aventuras ilustradas do espantoso Incandesto!*) era que coisas impossíveis acontecem o tempo todo.

Por exemplo, heróis – super-heróis – nasceram em circunstâncias ridículas e inusitadas: picadas de aranha, vazamentos químicos, deslocamento planetário e, no caso de Alfred T. Escorregão, de uma submersão acidental num tonel de tamanho industrial de uma solução de limpeza chamada Incandesto! (Amigo Implacável dos Profissionais da Limpeza.)

– Não acho que a senhora tenha um tumor no cérebro – disse Flora. – Deve haver outra explicação.

– Ah, é? – disse a senhora Tickham. – Que outra explicação?

– Já ouviu falar em Incandesto?

– O quê? – perguntou a senhora Tickham.

– Quem – corrigiu Flora. – Incandesto é quem. Ele é um super-herói.

– Tudo bem – disse a senhora Tickham. – E aonde você quer chegar?

Flora levantou a mão direita. Apontou com um dedo para o esquilo.

– Com certeza você não quer dizer... – disse a senhora Tickham.

O esquilo pousou o aspirador de pó no chão. Ficou muito quietinho, olhando para as duas. Seus bigodes se agitavam e tremiam. Estava com migalhas de bolacha na cabeça.

Ele era um esquilo.

Será que também podia ser um super-herói? Alfred T. Escorregão era um zelador. Quase sempre as pessoas nem olhavam para ele. Às vezes (na verdade, com muita frequência) o tratavam com desprezo. Não tinham ideia dos espantosos atos de heroísmo, da luz ofuscante que havia no interior da sua aparência externa insignificante.

Só Dolores, o periquito de Alfred, sabia quem ele era e o que era capaz de fazer.

– O mundo não vai entender – disse Flora.

– Com certeza – assentiu a senhora Tickham.

– Tootie! – o senhor Tickham gritou, pela porta dos fundos.

– Tootie, estou com fome!

Tootie?

Que nome ridículo.

Flora não resistiu à necessidade de dizer em voz alta. – Tootie – ela disse. – Tootie Tickham. Ouça, Tootie. Entre. Vá dar comida a seu marido. Não conte nada sobre tudo isso a ele nem a ninguém.

– Certo – disse Tootie. – Não contar nada. Dar comida ao meu marido. OK, certo – ela foi andando devagarinho para a casa.

O senhor Tickham gritou: – Você está passando aspirador? E o Ulisses? Vai deixá-lo ali, assim?

– Ulisses – Flora sussurrou. Sentiu um arrepio da nuca à base da espinha. Podia ser uma cínica de nascença, mas sabia reconhecer a palavra certa quando a ouvia.

– Ulisses – a menina voltou a dizer.

Inclinou-se e estendeu a mão para o esquilo.

– Venha cá, Ulisses – ela disse.

CAPÍTULO NOVE
O mundo todo pegando fogo

$\mathcal{E}$la falou com ele.

E ele entendeu.

A menina disse: – Ulisses. Venha cá, Ulisses.

E, sem pensar, ele foi até ela.

– Está tudo bem – ela disse.

Ele acreditou. Era espantoso. Tudo era espantoso. O sol poente iluminava cada folha de grama. Refletia nos óculos da menina formando um halo de luz em torno da cabeça redonda dela, pondo fogo no mundo todo.

O esquilo pensou: *Quando foi que as coisas se tornaram tão bonitas? E, se elas sempre foram assim, como foi que nunca notei antes?*

– Ouça uma coisa – a menina disse. – Meu nome é Flora. Seu nome é Ulisses.

Tudo bem, o esquilo pensou.

A menina pôs a mão nele. Ela o ergueu. Ela o embalou no seu braço esquerdo.

Ele só sentia felicidade. Por que sempre teve tanto medo dos seres humanos? Não conseguia imaginar.

Na verdade, conseguia, sim.

Houve aquela vez com o menino e a catapulta.

Na verdade, tinham acontecido muitos incidentes com seres humanos (alguns envolvendo catapultas, outros não), todos violentos, aterradores e amargos.

Mas agora era outra vida! E ele era outro esquilo.

O esquilo se sentia espetacular. Forte, esperto, capaz – e, também, faminto.

Estava com muita, muita fome.

CAPÍTULO DEZ
Esquilo clandestino

A mãe de Flora estava na cozinha. Estava datilografando numa velha máquina de escrever e, quando batia nas teclas, a mesa da cozinha chacoalhava, os pratos nas prateleiras tilintavam, os talheres nas gavetas emitiam uma espécie de alarme metálico.

Flora tinha posto na cabeça que essa era, em parte, a causa do divórcio dos pais. Não o barulho que fazia escrever, mas escrever em si. Especificamente, escrever romances.

O pai de Flora tinha dito: – Acho que sua mãe gosta tanto dos livros dela que deixou de gostar de mim.

E a mãe tinha dito: – Ha! Seu pai é tão por fora que não reconheceria o amor nem que ele aparecesse cantando no meio da sopa.

Flora passou um tempão se esforçando para imaginar como seria o amor de pé e cantando numa sopeira, mas eram palavras idiotas que seus pais diziam. E diziam essas palavras um ao outro, embora fingissem estar falando com Flora.

Era tudo muito irritante.

– O que você está fazendo? – a mãe perguntou a Flora. Ela estava chupando um pirulito, e isso fazia suas palavras soarem ásperas e cortantes. A mãe fumava e depois parou, mas ainda precisava ter alguma coisa na boca quando datilografava, por isso consumia um monte de pirulitos. Aquele era de laranja. Flora sentiu o cheiro.

– Ah, nada – Flora disse, e deu uma olhada para o esquilo que estava no seu colo.

– Ótimo – disse a mãe. Bateu na alavanca de retorno do carro da máquina de escrever sem levantar os olhos e continuou datilografando. – Você ainda está aí? – a mãe perguntou. Escreveu mais algumas palavras. Bateu de novo na alavanca de retorno. – Estou em cima do prazo. Fica difícil me concentrar com você aí parada, respirando desse jeito.

– Posso parar de respirar – Flora sugeriu.

– Ora, não seja ridícula – disse a mãe. – Suba e vá lavar as mãos. Daqui a pouco vamos comer.

– Tudo bem – disse Flora. Passou pela mãe e pela sala de estar, sempre carregando Ulisses nos braços. Parecia impossível, mas era verdade. Ela tinha introduzido um esquilo na casa clandestinamente. E tinha feito isso bem debaixo do nariz da mãe. Ou por trás das costas dela. Ou alguma coisa assim.

Na sala de estar, ao pé da escada, o abajur da pastorinha esperava, com um sorrisinho afetado de bochechas rosadas emplastrado no rosto.

Flora odiava a pastorinha.

A mãe tinha comprado o abajur com o primeiro cheque dos direitos do primeiro livro dela, *Nas asas emplumadas da alegria*, o título de livro mais bobo que Flora já ouvira na vida.

A mãe tinha encomendado o abajur em Londres. Quando

ele chegou, ela o desembrulhou, ligou-o na tomada, bateu palmas e disse:

– Ah, ela é tão linda? Não é linda? Adoro essa pastorinha, de todo coração.

A mãe de Flora nunca dizia que a filha era linda. Nunca disse que *a* adorava de todo coração. Ainda bem que Flora era cínica e nem queria saber se a mãe gostava dela ou não.

– Acho que vou chamá-la de Ana Maria – a mãe falou.

– Ana Maria – Flora repetiu. – Vai dar nome a um abajur?

– Ana Maria, pastora dos perdidos – a mãe disse.

– Quem se perdeu, afinal? – perguntou Flora.

Mas a mãe não se deu ao trabalho de responder.

– Esta – Flora disse ao esquilo – é a pastorinha. O nome dela é Ana Maria. Infelizmente, ela também mora aqui.

O esquilo examinou Ana Maria.

Flora apertou os olhos e encarou o abajur. Sabia que era ridículo, mas às vezes tinha a impressão de que Ana Maria sabia alguma coisa que ela não sabia, que a pastorinha guardava algum segredo sinistro e terrível.

– Seu abajur imbecil – disse Flora. – Cuide da sua vida. Cuide das suas ovelhas.

Na verdade, só havia um carneiro, um cordeirinho minúsculo enroscado nos pés de Ana Maria, calçados com chinelos cor-de-rosa. Flora sempre teve vontade de dizer à pastorinha:

– Se você é uma pastora tão maravilhosa, onde estão suas outras ovelhas, hein?

– Podemos ignorá-la – Flora disse a Ulisses.

Virou as costas para a presunçosa e brilhante Ana Maria e subiu a escada até o quarto, levando Ulisses nos braços, meiga e cuidadosa.

Ele não brilhava, mas tinha uma quentura surpreendente para alguém tão pequeno.

CAPÍTULO ONZE
Um tonel gigantesco de Incandesto

*F*lora pousou Ulisses na cama dela, e ele parecia menor ainda, ali sentado à luz da lâmpada de cabeceira.

E também parecia bem pelado.

– Que desgraça – disse Flora.

O esquilo com certeza não tinha nenhum jeito de herói. Mas, até aí, Alfred T. Escorregão, o zelador míope e humilde, também não tinha.

Ulisses olhou para Flora e depois para o rabo dele. Pareceu aliviado ao vê-lo. Baixou o nariz e foi cheirando o rabo todo.

– Espero que você consiga me entender – Flora falou.

O esquilo levantou a cabeça e a encarou.

– Uau – Flora disse. – Sensacional, tudo bem. Não consigo entender você. E isso é um pequeno problema. Mas vamos descobrir um jeito de nos comunicar, certo? Balance a cabeça se estiver entendendo o que estou dizendo. Assim.

Flora fez que sim com a cabeça.

E Ulisses fez o mesmo.

O coração de Flora pulou dentro do peito.

– Vou tentar explicar o que aconteceu com você, certo?

Ulisses fez que sim com a cabeça bem depressa.

Mais uma vez, o coração de Flora pulou alto dentro dela,

de um jeito esperançoso e completamente sem cinismo. Ela fechou os olhos. *Não tenha esperança*, ela disse ao seu coração. *Não tenha esperança; apenas observe.*

"Não tenha esperança; apenas observe" era um conselho que sempre aparecia em **COISAS TERRÍVEIS PODEM ACONTECER A VOCÊ!** Dependendo das **COISAS TERRÍVEIS!**, a esperança às vezes atrapalha a ação. Por exemplo, se você visse sua velha tia Edite engasgada com um bife num restaurante *self-service* e pensasse *Caramba, espero que ela não se sufoque*, certamente você perderia muitos segundos valiosos de aplicação do método de salvamento da respiração boca a boca.

"Não tenha esperança; apenas observe" eram palavras que Flora, sendo cínica, achava extremamente úteis. Ela as repetia muito a si mesma.

– Tudo bem – Flora disse. Ela abriu os olhos. Olhou para o esquilo. – O que aconteceu foi que você foi sugado pelo aspirador de pó. E, porque foi sugado, talvez tenha adquirido, hum, poderes.

Ulisses olhou para ela, interrogativo.

– Você sabe o que é um super-herói?

O esquilo continuou olhando para ela.

– Certo – disse Flora. – É claro que não sabe. Super-herói é alguém com poderes especiais que usa esses poderes para lutar contra as forças das trevas e do mal. Como Alfred T. Escorregão, que também é Incandesto.

Ulisses piscou várias vezes, de um jeito nervoso.

– Veja – disse Flora. Ela pegou na escrivaninha *As aventuras ilustradas do espantoso Incandesto!* Apontou para Alfred, com seu uniforme de zelador.

– Está vendo? – ela continuou. – Este é Alfred, e ele é um zelador humilde, míope e gago, que trabalha limpando os escritórios de muitos andares da Companhia de Seguros de Vida Paxatawket. Leva uma vida tranquila na sua quitinete, tendo por companhia apenas seu periquito, Dolores.

Ulisses baixou os olhos para o desenho de Alfred, depois os levantou para Flora.

– Pois bem – disse Flora. – Um dia Alfred faz a ronda pela fábrica da solução de limpeza Incandesto! quando escorrega (Alfredo T. *Escorregão* – deu pra entender?), cai dentro de um tonel gigantesco de Incandesto! e fica mudado. Agora, quando há uma crise muito grande, quando há algum malfeito evidente, Alfred se transforma em... – Flora folheou depressa a revista em quadrinhos e parou na página que mostrava o brilhante e poderoso Incandesto.

– Incandesto! – ela disse. – Está vendo? Alfred T. Escorregão torna-se um virtuoso esteio de luz, tão dolorosamente ofuscante que, diante dele, o mais abominável dos bandidos treme e confessa.

Flora percebeu que estava gritando um pouco. Olhou para Ulisses. Os olhos dele estavam enormes, naquela sua cara pequenina.

A menina tentou assumir um tom calmo, racional. Baixou

a voz. – Como Incandesto – ela disse –, Alfred lança luz sobre os cantos mais escuros do universo. Ele consegue voar. Isso é um super-herói. E acho que você também poderia ser um. Pelo menos, acho que você tem poderes. Até agora, a única coisa que sabemos sobre você é que é forte de verdade.

Ulisses fez que sim. Ele inchou o peito.

– Flora! – gritou a mãe da menina. – Desça. O jantar está pronto.

– Mas o que mais você é capaz de fazer? – Flora perguntou ao esquilo. – E, se você é mesmo um super-herói, como vai lutar contra o mal?

Ulisses franziu a testa.

Flora se abaixou. Chegou o rosto bem perto da cara do esquilo. – Pense nisso – ela disse. – Imagine o que poderíamos fazer.

– Flora Belle! – sua mãe gritou. – Estou ouvindo você aí em cima, falando sozinha. Você não deveria falar sozinha. As pessoas podem ouvir e achar você esquisita.

– Não estou falando sozinha! – Flora gritou.

– Com quem está falando, então?

– Com um esquilo!

Fez-se um longo silêncio lá embaixo.

Então sua mãe gritou: – Não tem graça, Flora Belle. Desça imediatamente!

CAPÍTULO DOZE
As forças do mal

Quando Flora voltou a subir, depois do jantar, encontrou Ulisses enrolado como uma bolinha, dormindo sobre o travesseiro dela. Estendeu a mão e tocou a testa dele com o dedo. Seus olhos estremeceram, mas não abriram.

Ela ergueu o travesseiro e o colocou cuidadosamente nos pés da cama. Vestiu o pijama, deitou e imaginou as palavras

UM ESQUILO SUPER-HERÓI DESCANSAVA A SEUS PÉS, ENTÃO ELA NÃO ESTAVA NEM UM POUCO SOZINHA

decorando o teto acima de sua cabeça.

– Verdade absoluta – ela disse.

Antes do divórcio, antes de seu pai sair de casa e mudar para um apartamento, muitas vezes ele se sentava ao lado dela e lia em voz alta *As aventuras ilustradas do espantoso Incandesto!* Era sua história em quadrinhos favorita. O pai sempre se animava quando lia as histórias de Alfred T. Escorregão e Dolores. Ele fazia uma excelente imitação de periquito. – Santa bagumba! – ele dizia, com a voz de Dolores. – Santos acontecimentos imprevistos!

– Santos acontecimentos imprevistos! – era o que Dolores dizia quando alguma coisa realmente inesperada e inacreditável ocorria, portanto quase o tempo todo. A vida era muito agitada para quem era periquito de Incandesto.

Sentada, Flora olhou para o esquilo adormecido.

– Santos acontecimentos imprevistos! – ela disse.

Soava melhor quando seu pai dizia. Agora ele já não dizia muita coisa. Seu pai sempre fora um homem triste e quieto, mas desde o divórcio tinha se tornado mais triste e mais quieto ainda. O que era ótimo para Flora. De verdade. Os cínicos não gostam de muita conversa.

Aliás, Alfred T. Escorregão também era um homem quieto. Por exemplo, no seu turno na fábrica de Incandesto!, quando ele caiu no tonel de Incandesto!, Alfred T. Escorregão não disse uma palavra. Nem mesmo "Ops!".

No entanto, apareceram palavras por cima da cabeça dele, e o pai de Flora tinha lido aquelas palavras para ela tantas vezes que a menina as sabia de cor:

ELE É UM ZELADOR HUMILDE. MAS VAI TER A CORAGEM DE COMBATER AS TREVAS DO UNIVERSO. VOCÊ DUVIDA? NÃO FAÇA ISSO. ALFRED T. ESCORREGÃO VAI VIVER PARA LUTAR CONTRA AS FORÇAS DO MAL. VAI SE TORNAR CONHECIDO NO MUNDO TODO COMO INCANDESTO!

Flora se deitou. *Se o esquilo estivesse numa história em quadrinhos*, ela pensou, *que palavras teriam aparecido no espaço sobre a cabeça dele quando foi sugado para dentro do aspirador de pó?*

ELE É UM HUMILDE ESQUILO.

Isso aí.

MAS LOGO VAI DERROTAR BANDIDOS DE TODO TIPO. VAI DEFENDER OS INDEFESOS E PROTEGER OS FRACOS.

Também soava bem.

VAI SE TORNAR CONHECIDO NO MUNDO TODO COMO ULISSES!

Santa bagumba! Podia acontecer qualquer coisa. Juntos, ela e Ulisses podiam mudar o mundo. Ou coisa parecida.

– Não tenha esperança; apenas observe – Flora sussurrou para se acalmar. – Observe o esquilo, só isso.

E então ela caiu no sono.

CAPÍTULO TREZE

O datilógrafo

*E*le acordou no escuro. Seu coração batia muito depressa. Alguma coisa tinha acontecido. O que seria?

Ele não conseguia pensar.

Estava com muita fome para pensar. Estava na cama e os pés de Flora estavam na sua cara. Ela estava roncando. Ele via o contorno redondo da cabeça dela. Gostava daquela cabeça.

Mas, caramba, ele estava com fome.

A porta do quarto estava aberta. Ulisses levantou do travesseiro e saiu do quarto. Rastejou pelo corredor escuro. Desceu a escada e passou pela pastorinha.

A casa estava escura, mas havia luz na cozinha.

A cozinha!

Era exatamente aonde ele precisava chegar.

Levantou o nariz. Farejou. Sentiu cheiro de queijo, maravilha! Atravessou correndo a sala de estar, a sala de jantar e entrou na cozinha. Subiu no balcão. Lá estava! Um só salgadinho de queijo na beira do tampo de fórmica do balcão. Ele o comeu. Era delicioso.

Talvez houvesse mais salgadinhos de queijo.

Abriu um armário. Sim, lá estava um pacote grande com a linda palavra *Queijomania* escrita na frente, em letras douradas.

Comeu até esvaziar o saquinho. Então arrotou baixinho, satisfeito. Olhou à sua volta.

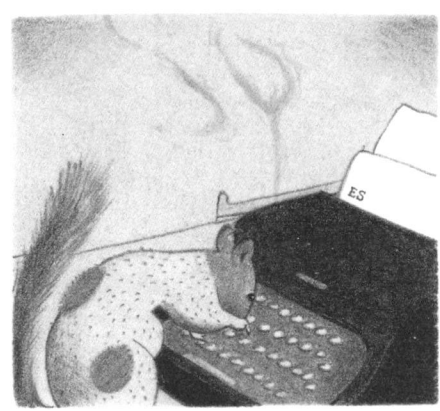

NA COZINHA ÀS ESCURAS,
O ESQUILO HUMILDE TRABALHAVA DEVAGARINHO.

SEUS BIGODES TREMIAM. SEU CORAÇÃO CANTAVA.

SERÁ QUE ESTAVA COMBATENDO O MAL?

QUEM PODERIA DIZER?

CAPÍTULO CATORZE
Esquito!

—*F*lora Belle Buckman! Desça aqui, já!

– Não me chame de Flora Belle – Flora murmurou. Ela abriu os olhos.

A luz do sol brilhava no quarto. Ela tinha sonhado uma coisa maravilhosa. O que era?

Tinha sonhado com um esquilo. No sonho, ele voava com as patas esticadas para a frente e o rabo esticado para trás. Era um esquilo a caminho de salvar alguém! Tinha uma aparência suprema, magnificamente heroica.

Flora sentou e olhou para seus pés. Lá estava Ulisses, dormindo no travesseiro. E sua aparência era mesmo heroica. De fato, estava brilhando. Igualzinho ao Incandesto! Só que era mais alaranjado. Ele era extremamente cor de laranja.

– O que foi que houve? – disse Flora.

Ela se debruçou sobre Ulisses e tocou sua orelha com um dedo. Depois ergueu o dedo contra a luz. Queijo. Ele estava coberto de pó de queijo.

– Uh-oh – disse Flora.

– Flora! – sua mãe gritou. – Não estou brincando. Desça aqui imediatamente!

A menina desceu a escada e passou por Ana Maria, cujas bochechas irradiavam um cor-de-rosa saudável e repulsivo.

– Abajur imbecil – Flora disse.

– Já! – gritou a mãe de Flora.

Flora correu.

Encontrou a mãe de pé na cozinha, de camisola, olhando para a máquina de escrever.

– O que é isso? – quis saber a mãe.

– É sua máquina de escrever – Flora respondeu.

Ela sabia que a mãe era distraída e preocupada, mas aquilo era ridículo. Como podia não reconhecer sua máquina de escrever?

– Sei que é minha máquina de escrever – disse a mãe. – Estou falando do papel que está nela. Estou falando das palavras que estão no papel.

Flora se inclinou para a frente. Piscou. Tentou encontrar um sentido na palavra datilografada no alto da página.

Esquito!

– Esquito! – a menina disse, em voz alta; sentiu uma onda de prazer diante da alegre idiotice da palavra. Era uma palavra quase equivalente a "Tootie".

– Continue lendo – disse sua mãe.

– Esquito! – Flora repetiu. – Eu sou. Ulisses. Nascido de novo.

– Você acha engraçado? – disse a mãe.

– Na verdade, não – respondeu Flora. O coração lhe batia muito depressa no peito. Sentia tontura.

– Já lhe disse e repeti para não mexer nessa máquina de escrever – disse a sua mãe.

– Eu não mexi... – disse Flora.

– Isso é muito sério – falou a mãe. – Sou escritora profissional. Estou em cima do prazo para terminar este romance. Não é hora para brincadeira. E, ainda mais, você comeu o pacote inteiro de salgadinhos de queijo.

– Não comi – disse Flora.

A mãe apontou para um saquinho vazio de Queijomania que estava em cima do balcão. Depois apontou para a máquina de escrever.

A mãe de Flora gostava de apontar para as coisas.

– Você espalhou poeira de queijo pela máquina de escrever inteira. Isso é falta de respeito. E você simplesmente não pode comer um saquinho inteiro de salgadinhos de queijo. Faz mal para a saúde. Você vai ficar obesa.

– Eu não comi... – disse Flora.

Mas aí teve outra onda de tontura.

O esquilo sabia datilografar!

Santos acontecimentos imprevistos!

– Desculpe – disse Flora, baixinho.

– Pois bem – disse a mãe. Ela ergueu o dedo. Evidentemente estava se preparando para apontar de novo para alguma coisa.

Felizmente, a campainha da porta tocou.

CAPÍTULO QUINZE
A cadeira elétrica

*D*izer que a campainha da porta dos Buckman "tocou" seria um erro.

Alguma coisa tinha acontecido com a campainha; seu mecanismo interno estava retorcido, deformado, confuso, de modo que, em vez de soar com o agradável *ding* ou *bong*, ela emitia um som áspero, de rachar vidraça, de gongada-de-resposta-errada-em-programa-de-desafio, uma espécie de zumbido que se espalhava por toda a casa dos Buckman.

Para Flora, a campainha soava como uma cadeira elétrica.

Não que ela já tivesse ouvido alguma cadeira elétrica, mas já tinha lido sobre cadeiras elétricas em **COISAS TERRÍVEIS PODEM ACONTECER A VOCÊ!** Aquela parte específica da história em quadrinhos só aconselhava evitar ir a qualquer lugar em que fosse preciso confrontar uma cadeira elétrica e os barulhos que ela era capaz de fazer. Flora tinha achado aquilo um pouco ameaçador e uma observação sem nenhuma utilidade de **COISAS TERRÍVEIS!**

– É seu pai – disse a mãe de Flora. – Ele toca essa campainha para me fazer sentir culpada.

A campainha zumbiu e estalou de novo.

– Está vendo? – disse a mãe.

Flora não viu.

Como poderia uma pessoa tocar uma campainha e fazer a outra se sentir culpada?

Era ridículo.

Mas, então, Flora achava meio ridículo quase tudo o que sua mãe dizia ou escrevia. Por exemplo, *Nas asas emplumadas da alegria*. Desde quando a alegria tem asas emplumadas?

– Não fique aí parada, Flora Belle. Vá abrir a porta. Faça-o entrar. Ele é *seu* pai. Veio para ver você, não para me ver.

O toque da cadeira elétrica da campainha voltou a soar pela casa.

– Pelo amor de Pete! – disse a mãe. – O que ele está fazendo? Esqueceu o dedo na campainha? Abra e faça-o entrar, por favor!

Lentamente, Flora atravessou a sala de jantar e entrou na sala de estar. Balançou a cabeça, perplexa.

Lá em cima, no quarto dela, havia um esquilo que conseguia levantar um aspirador de pó acima da cabeça, só com uma pata.

Lá em cima, no quarto dela, havia um esquilo que sabia *datilografar*.

Santa bagumba, Flora pensou. *As coisas vão mudar por aqui. Vamos derrotar bandidos a torto e a direito.* Ela deu um largo sorriso.

A campainha voltou a dar um guincho deturpado.

Flora ainda sorria quando destrancou a porta e a escancarou.

CAPÍTULO DEZESSEIS

Vítimas de alucinações extensivas

Quem estava na porta não era o pai de Flora.

Era Tootie.

– Tootie Tickham! – Flora disse.

Tootie entrou pela porta e parou na sala de estar. Seus olhos se arregalaram. – O que é isso? – ela disse.

Flora nem se deu o trabalho de virar. Sabia o que Tootie estava vendo.

– É a pastorinha – Flora respondeu. – A guardiã de ovelhas perdidas e de luz. Ou alguma coisa assim. É da minha mãe.

– Certo – disse Tootie, e balançou a cabeça. – Bom, não importa o abajur – deu mais um passo aproximando-se de Flora. – Onde está o esquilo? – ela sussurrou.

– Lá em cima – Flora respondeu, também sussurrando.

– Vim confirmar se o que eu penso que aconteceu ontem aconteceu mesmo ou se fui vítima de uma alucinação extensiva.

Flora olhou Tootie dentro dos olhos. Ela disse: – Ulisses sabe datilografar.

– Quem sabe datilografar? – perguntou Tootie.

– O esquilo. Ele é um super-herói.

Tootie disse: – Oh, meu pai do céu, que tipo de super-herói sabe datilografar?

Era uma boa pergunta (e também um tanto perturbadora).
Como, realmente, um esquilo datilógrafo ia combater bandidos e mudar o mundo?

– George? – chamou a mãe de Flora.

– Não é o papai! – Flora gritou. – É a senhora Tickham.

Houve um silêncio na cozinha, e então a mãe de Flora entrou na sala de estar com um sorriso adulto enorme e falso pregado no rosto. – Senhora Tickham – ela disse. – Que surpresa agradável. Em que podemos ajudá-la?

Tootie respondeu com um sorriso adulto enorme e falso. – Ah – ela disse –, só vim fazer uma visita para Flora.

– Para quem?

– Para Flora – disse Tootie. – Sua filha.

– Verdade? – disse a mãe de Flora. – Veio visitar a Flora?

– Volto já – disse Flora.

Ela saiu correndo da sala de estar e passou pela sala de jantar.

– Esse abajur é realmente extraordinário – a menina ouviu Tootie dizer.

– Ah, gosta dele? – disse a mãe de Flora.

Ha!, Flora pensou.

Ela saiu da sala de jantar e entrou na cozinha. Arrancou o papel da máquina de escrever e olhou para as palavras; não eram alucinação de jeito nenhum.

– Santa bagumba – disse Flora.

Um berro ecoou pela casa.

Flora escondeu o papel por baixo da blusa do pijama e voltou correndo para a sala de estar.

Ulisses estava sentado em cima de Ana Maria.

Ou melhor, estava tentando sentar em cima de Ana Maria.

Seus pés se agitavam para conseguir se apoiar no abajur de flores cor-de-rosa da pastorinha. Ele fez uma pausa e olhou para Flora com jeito de quem pede desculpas e, ao mesmo tempo, esperançoso. Depois continuou oscilando para a frente e para trás.

– Oh, meu pai do céu – disse Tootie.

– Como foi que ele entrou aqui? – gritou a mãe de Flora. – Ele chegou voando escada abaixo!

– É – disse Tootie, lançando para Flora um olhar significativo. – *Voando!*

– Ele apavorou a senhora Tickham e eu. Nós demos um berro.

– Pois é – disse Tootie. – Demos um berro. Não deu para evitar.

– Se esse esquilo quebrar meu abajur, nem sei o que vou fazer. Ana Maria é muito preciosa para mim.

– Ana Maria? – disse Tootie.

– Vou tirá-lo do abajur, certo? – disse Flora. E ela estendeu a mão.

– Não toque nele! – berrou a mãe da menina. – Ele está com uma doença.

A campainha zuniu seu terrível zunido de alerta, como se ecoasse o aviso da mãe de Flora.

Flora, sua mãe e Tootie se viraram.

Uma vozinha chamou.

A vozinha disse: – Tia-avó Tootie?

CAPÍTULO DEZESSETE
Cheiro de esquilo

*U*m menino estava na porta.

Era baixinho e seu cabelo era tão loiro que parecia quase branco. Seus olhos se escondiam por trás de enormes óculos escuros.

Além de *COISAS TERRÍVEIS PODEM ACONTECER A VOCÊ!*, frequentemente *As aventuras ilustradas do espantoso Incandesto!* fornecia de brinde outra história em quadrinhos intitulada *O elemento criminoso está entre nós*. Pois *O elemento criminoso* dava indicações muito específicas sobre como nunca, jamais ser enganado por um criminoso, e uma das dicas sempre repetidas era a de que a melhor maneira de conhecer uma pessoa era olhar diretamente nos seus olhos.

Flora tentou olhar o menino diretamente nos olhos, mas a única coisa que ela viu foi seu próprio reflexo nos óculos escuros dele.

E ela parecia baixinha e indefinida, como um acordeão de pijama.

– William – Tootie falou –, eu disse para você não sair.

– Eu ouvi gritos – o menino disse. Sua voz era alta e fininha. – Fiquei preocupado, vim o mais depressa que pude. Infelizmente, vindo para cá dei um encontrão pequeno mas muito violento num tipo de arbusto. E agora estou sangrando. Acho que estou sangrando. Tenho certeza de que estou cheirando a sangue. Mas ninguém precisa se preocupar. Por favor, não façam drama.

– Esse é meu sobrinho – disse Tootie.

– Sobrinho-neto – disse o menino. – E espero não precisar levar pontos. Vocês acham que vou precisar levar pontos?

– O nome dele é William – disse Tootie.

– William Spiver, na verdade – disse o sobrinho de Tootie. – Prefiro ser chamado de William Spiver. Isso me diferencia da multidão de Williams que existem no mundo – ele sorriu. – É um prazer conhecê-las, seja lá quem forem. Eu poderia apertar sua mão, mas, como eu disse, acho que estou sangrando. E, além disso, sou cego.

– Você não é cego – disse Tootie.

– Estou padecendo de uma cegueira temporária induzida por trauma – disse William Spiver.

Cegueira temporária induzida por trauma.
Essas palavras fizeram um calafrio percorrer a espinha de Flora de alto a baixo.

Pelo jeito, eram infinitas as coisas que podiam dar errado com os seres humanos. Por que **COISAS TERRÍVEIS PODEM ACONTECER A VOCÊ!** não apresentava uma solução para cegueira temporária induzida por trauma? Ou, a propósito, para alucinações extensivas?

– Estou cego temporariamente – repetiu William Spiver.

– Que desgraça – disse a mãe de Flora.

– Ele não está cego – disse Tootie. – Mas esta manhã ele apareceu de repente para passar o verão comigo. Imaginem minha surpresa e alegria.

– Não tenho mais nenhum lugar aonde ir, tia-avó Tootie – disse William Spiver. – Você sabe disso. Estou à mercê dos ventos do destino.

– Oh – disse a mãe de Flora. Ela bateu palmas. – Que maravilha. Um amiguinho para Flora.

– Não preciso de amiguinho – disse Flora.

– Claro que precisa – disse sua mãe. Ela se voltou para Tootie.

– Flora é muito sozinha. Ela passa tempo demais lendo histórias em quadrinhos. Tentei fazê-la perder esse hábito, mas estou bastante ocupada escrevendo meu romance e ela fica muito só. Minha preocupação é que isso a tenha deixado estranha.

– Eu não sou estranha – disse Flora. Parecia uma afirmação mais do que correta, uma vez que ao lado dela estava uma pessoa real e profundamente estranha como William Spiver.

– Eu ficaria feliz em ser seu amigo – disse William Spiver. – Honrado – ele fez uma reverência.

– Que encanto – disse a mãe de Flora.

– É – disse Flora. – Que encanto.

– Os cegos – disse William Spiver –, mesmo os temporariamente cegos, têm um excelente olfato.

– Oh, meu pai do céu – disse Tootie. – Vai começar.

– Devo dizer que estou sentindo um cheiro fora do comum, um cheiro que geralmente não se sente dentro dos limites da esfera doméstica humana – disse William Spiver. Ele pigarreou. – Estou sentindo cheiro de esquilo.

Esquilo!

Diante do espetáculo de William Spiver, elas tinham esquecido Ulisses.

Flora, sua mãe e Tootie voltaram-se para Ulisses. Ele ainda estava em cima de Ana Maria. Tinha dado um jeito de se equilibrar na pequena bola azul e verde que ficava no centro do quebra-luz.

– Aquele esquilo – disse a mãe de Flora. – Ele está com hidrofobia, está doente. Tem que ir embora.

CAPÍTULO DEZOITO
Uma aventura científica

—*P*or que não me deixa ficar com o esquilo? – Tootie falou para a mãe de Flora. – Vou simplesmente devolvê-lo à natureza.

– Se é que dá para chamar o quintal de natureza – disse William Spiver.

– Quieto, William – disse Tootie. Ela fez menção de pegar Ulisses.

– Não toque nele! – guinchou a mãe de Flora. – Só com luvas. Ele tem um tipo de doença.

– Então será que pode me arranjar umas luvas? – disse Tootie. – Vou arrancar o esquilo do abajur, levá-lo para fora daqui e soltá-lo. As crianças podem vir junto. Vai ser uma aventura científica.

– Não me parece muito científica, não – disse William Spiver.

– Bem – disse a mãe de Flora –, não sei. O pai de Flora Belle virá buscá-la para a visita de domingo. A qualquer momento ele pode chegar. E ela ainda está de pijama.

– Vai ser só um minuto – disse Tootie, em voz baixa e macia. – As crianças vão poder se conhecer melhor.

– Vou buscar umas luvas – disse a mãe de Flora.

E lá se foram eles, caminhando para a casa de Tootie, para se conhecerem melhor. Ou alguma coisa assim.

Tootie tinha calçado um par de luvas de lavar louça que lhe

chegavam até os cotovelos. As luvas eram cor-de-rosa e tinham um brilho cor de cereja, de certo modo meio radioativo. Nas mãos enluvadas de Tootie estava Ulisses. Atrás de Tootie ia Flora. E ao lado de Flora ia William Spiver. Sua mão esquerda estava pousada no ombro dela.

– Você se importa, Flora Belle? – ele perguntara. – Você vai ficar excessivamente incomodada se eu puser a mão no seu ombro e permitir que você me guie de volta à casa da minha tia-avó Tootie? O mundo é um lugar cheio de ameaças para quem não enxerga.

Flora não se deu o trabalho de explicar para ele que o mundo era um lugar cheio de ameaças para quem *enxerga*.

E, por falar em ameaças, as coisas, de todo modo, não estavam avançando conforme Flora havia planejado. Ela tinha vislumbrado Ulisses combatendo o crime, os criminosos, a maldade, as trevas, as ameaças. Imaginara-o voando (santa bagumba!) pelo mundo com ela (Flora Buckman) a seu lado. Em vez disso, lá estava ela conduzindo um menino temporariamente cego através do quintal. Era um anticlímax, para dizer o mínimo.

– Já soltou o esquilo, tia-avó Tootie?

– Não – respondeu Tootie –, não soltei.

– Por que estou sentindo que aqui está acontecendo mais do que os olhos podem ver? – disse William Spiver.

– Fique quieto até chegarmos em casa, William – disse Tootie. – Será que você consegue? Ficar quieto por um minuto?

– Claro que consigo – disse William Spiver. Ele suspirou. –
Sou especialista em ficar quieto.

Flora duvidava muito que aquilo fosse verdade.

William Spiver apertou o ombro dela. – Posso perguntar
quantos anos você tem, Flora?

– Não aperte meu ombro. Tenho dez anos.

– Eu tenho onze – disse William Spiver. – Devo dizer que
isso me surpreende. Eu me sinto muito, muito mais velho.
Também sei que na verdade sou mais baixo do que a média
para onze anos. Pode até ser que eu esteja encolhendo. Excesso
de traumas pode retardar o crescimento. No entanto, não sei
ao certo se pode causar real encolhimento.

– Qual foi o acontecimento traumático que fez você ficar
cego? – perguntou Flora.

– Prefiro não falar nisso agora. Não quero assustá-la.

– É impossível me assustar – disse Flora. – Sou uma cínica.

– É o que você diz – disse William Spiver.

A palavra *críptico* surgiu na cabeça de Flora. Vinha precedida
pela palavra *desnecessariamente*.

– Desnecessariamente críptico – Flora disse, em voz alta.

– Como? – disse William Spiver.

Mas então chegaram à casa de Tootie. Atravessaram o quintal e entraram na cozinha, que cheirava a *bacon* e limão.

Tootie colocou Ulisses sobre a mesa.

– Não entendo – disse William Spiver. – Voltamos à sua casa,
mas continuo sentindo cheiro de esquilo.

Flora tirou o papel que tinha guardado no pijama. Entregou-o a Tootie. Sentia-se como uma espiã, uma espiã bem-sucedida, uma espiã triunfante. Apesar de ser uma espiã de pijama.

– O que é isso? – perguntou Tootie.

– É uma prova de que a senhora não é vítima de alucinação extensiva – disse Flora.

Tootie segurou o papel com as duas mãos. Olhou para ele.

– Esquito! – ela leu.

– Esquito? – disse William Spiver.

– Continue lendo – Flora disse.

– Esquito! – disse Tootie. – Eu sou. Ulisses. Nascido de novo.

– Está vendo? – Flora disse.

– O que isso prova? – disse William Spiver. – O que significa?

– O nome do esquilo é Ulisses – disse Tootie.

– Esperem um pouco – falou William Spiver. – Você está postulando que o esquilo escreveu isso?

Postulando? *Postulando?*

– Sim – disse Flora. – É exatamente isso que estou postulando.

– A alucinação se estende – disse Tootie.

– Que alucinação? – perguntou William Spiver.

– A alucinação do esquilo como super-herói – disse Tootie.

– Vocês estão brincando, com certeza – disse William Spiver.

Ulisses sentou-se sobre as patas traseiras. Olhou para William Spiver, depois para Tootie e, finalmente, voltou os olhos para Flora. Levantou as sobrancelhas e lançou-lhe um olhar cheio de interrogações, cheio de esperança.

Flora sentiu uma fisgada de dúvida. Afinal, ele era apenas um esquilo. Ela não tinha provas de que ele fosse um super-herói. E se houvesse alguma outra explicação para aquelas palavras? Também era preciso considerar a questão perturbadora de Tootie. Que espécie de super-herói datilografa?

Então ela pensou em Alfred, lembrou que todo o mundo duvidava dele, que ninguém sabia (exceto o periquito Dolores) que ele era Incandesto e ninguém (exceto Dolores) acreditava nele de fato.

Seria missão de Flora acreditar em Ulisses?

E o que isso lhe traria? Um periquito?

– Deixe-me esclarecer isso – disse William Spiver. – Você, uma cínica autodeclarada, está postulando que o esquilo é um super-herói.

A frase "Não tenha esperança; apenas observe" esvoaçava na mente de Flora.

Ela respirou fundo; varreu a frase para longe.

– O esquilo datilografou aquelas palavras – ela disse.

– Tudo bem – disse William Spiver, cuja mão ainda estava no ombro de Flora. Por que ele não tirava a mão? – Vamos abordar isso cientificamente. Vamos pôr o esquilo na frente do computador da tia-avó Tootie e pedir para ele datilografar. De novo.

CAPÍTULO DEZENOVE
Sem querer

*E*le se sentou diante da máquina. Era diferente da máquina de escrever da mãe de Flora. Havia uma tela vazia em vez do papel, e toda a engenhoca brilhava, soltando um cheiro quente mas não inteiramente agradável.

O teclado, no entanto, ele conhecia. Todas as letras estavam ali, cada uma no seu mesmo lugar.

Flora e Tootie postaram-se atrás dele, e William Spiver, o menino dos óculos escuros, também.

Era um momento importante. Ulisses entendia isso muito bem. Tudo dependia de ele digitar alguma coisa. Tinha que fazer isso por Flora.

Seus bigodes tremiam. Ele os sentia tremer. Ele os *via* tremer.

O que podia fazer?

Virou-se e farejou seu rabo.

A única coisa que podia fazer era ser ele mesmo, tentar fazer as letras do teclado falarem a verdade que havia no seu coração, fazer com que elas revelassem a essência do esquilo que ele era.

Mas qual era a verdade?

E que espécie de esquilo ele era?

Olhou o quarto à sua volta. Havia uma janela alta, e lá fora havia o mundo verde, verde e o céu azul. Dentro havia prateleiras e mais prateleiras de livros. E na parede acima do teclado havia um quadro de um homem e uma mulher flutuando sobre uma cidade. Estavam suspensos numa luz dourada. O homem segurava a mulher e ela tinha um braço estendido à sua frente, como se estivesse apontando o caminho para casa. Ulisses gostou do rosto da mulher. Fazia lembrar Flora.

Olhar aquele quadro fez o esquilo sentir-se aquecido por dentro. Quem tinha pintado aquele quadro decerto gostava do homem flutuante e da mulher flutuante. Gostava da cidade sobre a qual eles flutuavam. Gostava da luz dourada.

Do mesmo modo como Ulisses gostava do mundo verde lá de fora. E do céu azul. E da cabeça redonda de Flora.

Seus bigodes pararam de tremer.

– O que está acontecendo? – perguntou William Spiver.

– Nada – disse Flora.

– Ele entrou numa espécie de transe – falou Tootie.

– Psss – disse Flora.

Ulisses chegou mais perto do teclado.

PARA O ESQUILO, ERA BONITO VER UMA LETRA APARECER DO NADA.

E DAÍ? O QUE É ISSO? QUE LETRA É ESSA?

É UM *E*, WILLIAM SPIVER.

MAS ISSO NÃO PROVA NADA, É CLARO. QUALQUER UM PODE BATER UM *E* SEM QUERER. NÃO É PRECISO SER SUPER-HERÓI PARA DIGITAR UM *E*.

WILLIAM, QUER FICAR QUIETO, POR FAVOR?

O ESQUILO DIGITAVA.

AS PESSOAS ESPERAVAM.

O DESTINO ENTRAVA EM AÇÃO...

CAPÍTULO VINTE
O que foi que eu disse

Eu gosto da sua cabeça redonda,
do verde brilhante,
do azul que espreita,
destas letras,
deste mundo, de você.
Estou com muita, muita fome.

CAPÍTULO VINTE E UM
Poesia

$\mathcal{E}$les estavam no escritório de Tootie. Tootie estava no divã, com um pacote de ervilhas congeladas por cima da cabeça. Ela tinha desmaiado.

Por infelicidade, ao cair ela tinha batido a cabeça na quina da escrivaninha.

Por felicidade, Flora tinha lembrado que *COISAS TERRÍVEIS PODEM ACONTECER A VOCÊ!* dizia que um pacote de ervilhas congeladas podia ser uma excelente compressa para "proporcionar alívio e reduzir o inchaço".

– Leia isso de novo – William Spiver disse a Flora.

Flora leu de novo as palavras de Ulisses em voz alta.

– O esquilo escreveu uma poesia – disse Tootie, maravilhada.

– Não tire essas ervilhas da cabeça – disse Flora.

– Não entendi a última parte – falou William Spiver –, a parte que fala de fome. O que quer dizer?

Flora desviou os olhos do computador, olhou para os óculos escuros de William Spiver e viu, de novo, o reflexo do seu eu de cabeça redonda e pijama. – Quer dizer que ele está com fome – ela disse. – Ele não tomou café da manhã.

– Ah – disse William Spiver. – Entendi. É literal.

Ulisses estava sentado sobre as patas de trás, ao lado do computador. Fez que sim, esperançoso.

– É poesia – disse Tootie, lá do divã.

Ulisses inchou um pouquinho o peito.

– Bem, pode até ser poesia – disse William Spiver –, mas não é poesia excelente. Nem mesmo boa poesia.

– Mas o que significa tudo isso? – perguntou Tootie.

– Por que tem que significar alguma coisa? – disse William Spiver. – O universo é aleatório.

– Ah, meu pai do céu, William – disse Tootie.

Flora sentiu alguma coisa brotar dentro dela. O que era? Orgulho pelo esquilo? Irritação com William Spiver? Admiração? Esperança?

De repente se lembrou das palavras que apareciam por cima da cabeça de Alfred T. Escorregão quando ele mergulhou no tonel de Incandesto!

– Está duvidando dele? – disse Flora.

– Claro que estou! – disse William Spiver.

– Não faça isso – disse Flora.

– Por quê? – quis saber William Spiver.

Ela o encarou.

– Tire os óculos – ela disse. – Quero ver seus olhos.

– Não – disse William Spiver.

– Tire.

– Não tiro.

– Crianças – pediu Tootie. – Por favor.

Quem era, de fato, William Spiver?

Sim, sim, era o sobrinho-neto de Tootie Tickham que apareceu de repente (suspeitamente) para passar o verão com ela. Mas quem ele era de fato? E se fosse algum personagem de história em quadrinhos? E se fosse um vilão cujos poderes se exaurissem caso a luz do mundo atingisse seus olhos?

Incandesto era eternamente atacado por sua arqui-inimiga, a Treva de 10 mil mãos.

Todo super-herói tem um arqui-inimigo.

E se o arqui-inimigo de Ulisses fosse William Spiver?

– A verdade precisa ser revelada! – disse Flora. Ela avançou. Estendeu a mão para tirar os óculos de William Spiver.

Então ouviu seu nome. – Flooooooooorrrrrrrraaaaaaa Beeeeeelllllle, seu pai está aqui!

– Flora Belle – disse William Spiver, com voz suave.

Ulisses ainda estava sentado sobre as patas traseiras. Suas

orelhas estavam aguçadas. Olhava de um lado para o outro, para Flora e William Spiver.

– Temos que ir – disse Flora.

– Espere – disse William Spiver.

Flora ergueu Ulisses pelo cangote. Colocou-o por baixo da blusa do pijama.

– Vou encontrar você de novo? – perguntou William Spiver.

– O universo é aleatório, William Spiver – disse Flora. – Quem pode saber se vamos ou não vamos nos encontrar de novo?

CAPÍTULO VINTE E DOIS
Uma orelha gigante

*S*eu pai estava no último degrau, em frente à porta aberta. Estava de terno escuro e gravata e com chapéu de aba, apesar de ser um sábado de verão.

O pai de Flora era contador da empresa Flinton, Flosston e Frick.

Flora não tinha certeza, mas achava que provavelmente seu pai era o homem mais solitário do mundo. Ele já não tinha nem Incandesto e Dolores para lhe fazer companhia.

– Oi, pai – ela cumprimentou.

– Flora – disse o pai. Sorriu para ela e deu um suspiro.

– Ainda não estou pronta.

– Ah, tudo bem – disse o pai. Ele suspirou de novo. – Eu espero.

Ele entrou com Flora na sala de estar. Sentou no sofá. Tirou o chapéu e o equilibrou no joelho.

– Agora você entrou, George? Flora está com você?

O *claque-claque-claque* da máquina de escrever ecoava pela casa. Tilintar de prataria. Depois se fez silêncio.

– O que está fazendo, George? – a mãe de Flora gritou.

– Estou sentado no sofá, Philis. Estou esperando minha filha!

O pai de Flora passou o chapéu do joelho esquerdo para o joelho direito e, depois, de volta para o esquerdo.

Ulisses se ajeitou por baixo do pijama de Flora.

– O que vocês dois vão fazer hoje? – gritou a mãe de Flora.

– Não sei, Philis.

– Ouço você perfeitamente, George – disse a mãe de Flora, entrando na sala de estar. – Não precisa gritar. Flora, o que é isso debaixo da blusa do seu pijama?

– Nada – disse a menina.

– É o esquilo?

– Não – Flora disse.

– Que esquilo? – disse o pai de Flora.

– Não minta a mim – falou a mãe.

– Tudo bem – disse Flora. – É o esquilo. Vou ficar com ele.

– Eu sabia. Eu sabia que você estava escondendo alguma coisa. Ouça bem: esse esquilo está doente. Você está tendo um comportamento perigoso.

Flora virou as costas.

Estava com um super-herói debaixo do pijama. Não tinha que dar ouvidos à mãe nem a ninguém mais quanto a esse assunto. Um novo dia estava começando, um dia do tipo uma menina-com-um-super-herói. – Agora vou me trocar – ela disse.

– Isso não vai dar certo, Flora Belle – disse sua mãe. – Esse esquilo não vai ficar.

– Que esquilo? – o pai de Flora voltou a perguntar.

Flora foi subindo a escada e parou no patamar. *O elemento criminoso* sugeria que qualquer pessoa empenhada em lutar contra o crime, em derrotar os criminosos, deveria aprender a ouvir atentamente. "Todas as palavras em todos os tempos, verdadeiras ou falsas, sussurradas ou gritadas, são pistas para o funcionamento do coração humano. Ouça. Se você se preocupa em compreender alguma coisa, precisa tornar-se uma Orelha Gigante."

Isso era o que sugeria *O elemento criminoso*.

E era isso que Flora pretendia fazer.

Puxou Ulisses para fora do pijama.

– Sente-se no meu ombro – Flora cochichou para ele.

Ulisses escalou até o ombro dela.

– Ouça – ela disse.

Ele fez que sim.

Flora sentiu-se valente e capaz, de pé, ali no patamar, com o esquilo no ombro.

– Não tenha esperança – ela sussurrou. – Apenas observe.

A menina inspirou fundo e foi soltando o ar devagarinho. Manteve-se absolutamente imóvel. Tornou-se uma Orelha Gigante.

E o que Flora Orelha Gigante ouviu foi espantoso.

CAPÍTULO VINTE E TRÊS
Que entre o vilão

– *G*eorge – disse a mãe de Flora –, temos um problema. Sua filha se apegou emocionalmente a um esquilo doente.

– Como assim? – perguntou o pai de Flora.

– Lá está um esquilo – disse a mãe, agora falando mais devagar, como se apontasse para cada palavra que dizia.

– Lá está um esquilo – repetiu o pai.

– O esquilo não está bem.

– Lá está um esquilo que não está bem.

– Na garagem há um saco. E uma pá.

– Tudo bem – disse o pai de Flora. – Há um saco e uma pá. Na garagem.

Nesse momento, houve um longo silêncio.

– Preciso que você sacrifique o esquilo – disse a mãe de Flora.

– Como assim? – perguntou o pai.

– Pelo amor de Deus, George! – gritou a mãe. – Ponha o esquilo no saco e dê uma pancada na cabeça dele com a pá.

O pai de Flora suspirou.

Flora também suspirou. Surpreendeu-se consigo mesma. As mulheres dos romances de sua mãe levavam as mãos ao peito e suspiravam. Mas Flora não era uma suspirante. Era uma cínica.

O pai de Flora disse: – Não estou entendendo.

A mãe de Flora pigarreou. Proferiu de novo as palavras encharcadas de sangue. Disse-as em voz mais alta. Disse-as mais lentamente. – Ponha o esquilo no saco, George. Dê uma pancada na cabeça do esquilo – ela fez uma pausa. – Então – ela continuou –, use a pá para enterrar o esquilo.

– Pôr o esquilo num saco? Dar uma pancada na cabeça do esquilo com uma pá? – disse o pai de Flora, com voz esganiçada, desesperada. – Ah, Philis. Ah, Philis, não.

– Sim – disse a mãe de Flora. – É a coisa mais humana a fazer.

Flora entendeu que tinha cometido um erro ao pensar que William Spiver fosse alguém importante.

Tudo estava se tornando nítido e terrível: Ulisses era um super-herói (provavelmente) e Philis Buckman era sua arqui-inimiga (definitivamente).

Santos acontecimentos imprevistos!

CAPÍTULO VINTE E QUATRO
Tocaiado, perseguido, ameaçado, envenenado, etc.

*E*le deveria estar chocado, mas não estava, não muito.

Era um fato triste da sua existência de esquilo que sempre houvesse alguém, em algum lugar, que quisesse vê-lo morto. Em sua vida curta, Ulisses tinha sido tocaiado por gatos, atacado por guaxinins, caçado com catapultas e arco e flecha (está certo que a flecha era de borracha, mesmo assim machucou). Tinha sido alvo de gritos, ameaças e envenenamento. Tinha sido arremessado aos trambolhões pelo jato de água de uma mangueira de jardim com força total. Certa vez, no parque, uma menininha tentara matá-lo espancando-o com seu imenso urso de pelúcia. E, por último, um caminhão tinha passado por cima do rabo dele.

Na verdade, a possibilidade de levar uma pazada na cabeça não parecia tão alarmante assim.

A vida era perigosa, principalmente sendo ele um esquilo.

Seja como for, não estava pensando em morrer. Estava pensando em poesia. Tootie disse que ele tinha escrito isso. Poesia. Ele gostava da palavra: pequena, densa, com um final que saía flutuando, como se tivesse asas.

Poesia.

– Não se preocupe – disse Flora. – Você é um super-herói. Esse crime vai ser impedido.

Ulisses agarrou-se com as unhas no pijama de Flora para se equilibrar no ombro dela.

– Crime – Flora repetiu.

Poesia, Ulisses pensou.

CAPÍTULO VINTE E CINCO
Gordura de foca

Ocarro do pai de Flora cheirava a caramelo e *ketchup*. Flora estava no banco de trás, onde o cheiro de caramelo e *ketchup* era mais forte. Ela levava no colo uma caixa de sapato com Ulisses dentro, e sentia-se enjoada, embora o carro ainda nem tivesse começado a rodar. Também estava se sentindo um pouco esgotada.

As coisas, de modo geral, estavam bem confusas.

Por exemplo, ali estava Ulisses, numa caixa de sapato, sabendo que havia uma pá no porta-malas do carro e que o homem que estava dirigindo tinha recebido ordens de lhe dar uma pancada na cabeça com a pá, e o esquilo não parecia preocupado nem amedrontado. Parecia contente.

E também havia a mãe de Flora, pessoa que tinha dado a caixa de sapato para ela. ("Para proteger seu amiguinho em sua viagem. Vamos colocar este pano de prato aqui dentro, como se fosse um cobertorzinho.") Ela estava na porta, sorrindo e acenando para eles como se não fosse, na verdade, uma arqui-inimiga planejando um assassínio. O próprio Tenebroso das 10 mil mãos.

Nada era o que parecia.

Flora baixou os olhos para o esquilo. Claro que ele também não era o que parecia. E isso era bom. Era coisa de Incandesto.

Flora sentiu-se percorrida por um frêmito de confiança, de

possibilidade. Seus pais não tinham ideia do tipo de esquilo com que estavam lidando.

O pai engatou marcha a ré.

Quando o carro recuou, Flora viu William Spiver no jardim da frente da casa de Tootie. Ele estava olhando para o céu; virou a cabeça lentamente na direção do carro. Seus óculos lampejaram ao sol.

Tootie apareceu. Ela acenava uma das luvas cor-de-rosa como se fosse uma bandeira de rendição.

– Pare o carro – ela gritou.

– Pé na tábua – Flora disse ao pai.

Ela não queria falar com Tootie. E decididamente não queria falar com William Spiver. Não queria se ver refletida nos óculos escuros dele. Tinha suas próprias ideias sobre a natureza casual e confusa do universo. Não precisava das ideias dele.

Além do mais, ela estava com pressa. Precisava impedir um assassínio, assessorar um super-herói, derrotar bandidos, erradicar as trevas. Não podia perder tempo trocando ideias tolas com William Spiver.

– Flora Belle – gritou William Spiver, como se estivesse lendo seus pensamentos. – Tive algumas ideias interessantes.

Ele correu na direção do carro e caiu no meio dos arbustos.

– Tia-avó Tootie – o menino gritou. – Preciso da sua ajuda.

– O que está acontecendo, afinal? – disse o pai. Ele pisou no freio.

– É só um menino temporariamente cego – disse Flora.

– E a senhora Tickham, a vizinha. Ela é tia dele. Tia-avó. Não importa. Não faz nenhuma diferença. Continue andando. Mas era tarde demais. Tootie tinha ajudado William Spiver a sair dos arbustos e os dois vinham andando na direção do carro.

William Spiver sorria.

– Olá – o pai de Flora disse aos dois. – Sou George Buckman, muito prazer.

O pai de Flora se apresentava para todo o mundo o tempo todo, mesmo que fosse alguém que ele já tivesse conhecido. Era um hábito desagradável e extremamente persistente.

– Olá, senhor – disse William Spiver. – Sou William Spiver. Gostaria de falar com sua filha, Flora Belle.

– Não tenho tempo para falar com você agora, William Spiver – disse Flora.

– Tia-avó Tootie, pode me ajudar? Quer me levar para o lado em que Flora está?

– Por favor, me dê licença de acompanhar esta criança extremamente transtornada e neurótica até o outro lado do carro – disse Tootie.

– Claro, claro – disse o pai de Flora. Então ele disse para absolutamente ninguém: – George Buckman. Muito prazer.

Flora suspirou. Olhou para Ulisses. Considerando os seres humanos que a cercavam, confiar num esquilo parecia um plano de ação cada vez mais razoável.

– Queria pedir desculpas – disse William Spiver, agora à janela do lado dela.

– Do quê? – disse Flora.

– Não foi a pior obra de poesia que já ouvi.

– Ah – disse Flora.

– Também peço desculpas por não ter tirado os óculos quando você pediu.

– Então tire agora – disse Flora.

– Não posso – disse William Spiver. – Foram colados à minha cabeça por forças do mal que estão fora do meu controle.

– Está mentindo – disse Flora.

– Sim. Não. Não estou. Estou. Estou entrando em hipérbole. É *como se* os óculos tivessem sido colados à minha cabeça – ele baixou a voz. – Na verdade, tenho medo de que, se eu tirar os óculos, o mundo todo vá se desfiar.

– Que bobagem – disse Flora. – Há coisas maiores com que se preocupar.

– Por exemplo?

Flora percebeu que ia dizer para William Spiver uma coisa que não pretendia dizer; as palavras lhe saíram da boca antes que ela pudesse impedir.

– Você sabe o que é um arqui-inimigo? – a menina cochichou.

– Claro que sei – William Spiver cochichou de volta.

– Certo – disse Flora. – Pois bem, Ulisses tem uma arqui-inimiga. É minha mãe.

As sobrancelhas de William Spiver se levantaram acima dos óculos escuros. Flora ficou satisfeita por notar que ele parecia de fato surpreso e chocado.

– Por falar em Ulisses – disse Tootie –, tenho uma poesia que eu gostaria de declamar para ele.

– Tem certeza de que este é o momento certo para declamações? – disse William Spiver.

Ulisses se ergueu na sua caixa de sapatos. Olhou para Tootie. Fez que sim.

– Fiquei comovida com sua poesia – Tootie disse para o esquilo.

Ulisses inchou o peito.

– E gostaria de declamar uma poesia para você em homenagem às recentes, hum, transformações na sua vida – Tootie pôs a mão no peito. – Isto é Rilke – ela disse. – "Tu, enviado por teu chamado, / vai ao limite da tua nostalgia. / Dá-me corpo. / Eleva-te como chama / e faz grandes sombras em que eu possa mergulhar."

Ulisses olhava fixo para Tootie, com os olhos brilhando.

– Eleva-te como chama! – disse o pai de Flora, do banco da frente. – É comovente, sim. É lindo elevar-se como chama. Muito obrigado. Agora temos que ir.

– Mas vocês vão voltar? – disse William Spiver.

Flora levantou os olhos e viu as palavras de William Spiver penduradas por cima dele como uma bandeirinha meio esfarrapada.

Mas vocês vão voltar?

– Só vou passar a tarde com meu pai, William Spiver – ela disse. – Não estou indo para o Polo Sul.

COISAS TERRÍVEIS PODEM ACONTECER A VOCÊ! tinha uma longa passagem sobre o que fazer caso a pessoa naufragasse e se visse abandonada no Polo Sul. Suas recomendações poderiam se resumir em quatro simples palavras: "Coma gordura de foca."

Era espantoso, de fato, pensar no que podia acontecer às pessoas. De repente Flora se animou só de pensar em comer gordura de foca e fazer coisas impossíveis, sobrevivendo às circunstâncias desfavoráveis a ela e a seu esquilo.

Eles encontrariam um meio de derrotar a arqui-inimiga! Venceriam a pá e o saco! E venceriam juntos, como Dolores e Incandesto!

– Fico contente – disse William Spiver. – Fico contente por você não ir para o Polo Sul, Flora Belle.

O pai de Flora pigarreou. – George Buckman – ele disse. – Muito prazer.

– Foi um prazer conhecê-lo, senhor – disse William Spiver.

– Lembre aquelas palavras – disse Tootie.

– "Eleva-te como chama" – disse o pai de Flora.

– Estava falando com o esquilo – disse Tootie.

– Claro – disse o pai de Flora. – Desculpe. O esquilo.

– Voltaremos a nos ver – disse William Spiver.

– Cuidado com a arqui-inimiga – alertou Flora.

– Voltaremos a nos ver – disse William Spiver.

– Vamos combater o mal – disse Flora, quando o pai saiu com o carro.

William Spiver acenou para o carro. – Voltaremos a nos ver.

Ele parecia tão obcecado pela ideia de voltar a vê-la que Flora não teve coragem de dizer que ele estava acenando na direção errada.

CAPÍTULO VINTE E SEIS
Espiões não choram

O pai de Flora era um motorista cuidadoso. Mantinha a mão esquerda na posição das dez horas no volante e a mão direita na das duas horas. Não tirava os olhos da estrada. Não andava a alta velocidade.

– Velocidade – ele dizia sempre – é o que nos mata, e também desviar os olhos da estrada. Nunca jamais tire os olhos da estrada.

– Papai – disse Flora –, preciso falar com você.

– Tudo bem – disse o pai. Continuou olhando para a estrada.

– Sobre o quê?

– Esse saco. E essa pá.

– Que saco? – perguntou o pai. – Que pá?

Flora achou que seu pai seria um excelente espião. Nunca respondia diretamente às perguntas. Em vez disso, quando lhe faziam uma pergunta, ele simplesmente respondia desviando habilmente de assunto ou fazendo outra pergunta.

Por exemplo, quando os pais estavam se divorciando, Flora teve uma conversa com o pai que foi mais ou menos assim:

FLORA: Você e a mamãe vão se divorciar?

PAI DE FLORA: Quem disse que vamos nos divorciar?

FLORA: A mamãe.

PAI DE FLORA: Ela disse isso?

FLORA: Ela disse isso.

PAI DE FLORA: Por que será que ela disse isso?

E então ele começou a chorar.

Espiões provavelmente não choram. Mesmo assim.

– Há um saco e uma pá no porta-malas do carro, papai – disse Flora.

– É mesmo? – disse o pai.

– Vi você colocá-los lá.

– É mesmo. Pus um saco e uma pá no porta-malas do carro.

O elemento criminoso dizia que era bom se pôr a fazer uma série de perguntas, sem trégua e sem fim. "Se perguntamos com vigor e firmeza, as pessoas às vezes se surpreendem respondendo a perguntas às quais não tinham intenção de responder. Quando há dúvida, pergunte. Pergunte mais. Pergunte mais depressa."

– Por quê? – disse Flora.

– Pretendo cavar um buraco – informou o pai.

– Para quê? – disse Flora.

– Vou enterrar uma coisa.

– Que coisa você vai enterrar?

– Um saco!

– Por que você vai enterrar um saco?

– Porque sua mãe pediu.

– Por que ela pediu para você enterrar um saco?

O pai de Flora tamborilou no volante com os dedos. Ele olhava direto para a frente. – Por que ela me pediu para enterrar um saco? Por que ela me pediu para enterrar um saco? Boa pergunta. Ei, já sei! Quer comer alguma coisa?

– O quê? – disse Flora.

– Que tal almoçar? – sugeriu o pai.

– Pelo amor de Pete! – disse Flora.

– Ou tomar café da manhã? Que tal pararmos para fazer uma refeição? Qualquer refeição?

Flora suspirou.

O elemento criminoso aconselhava "esquivas, adiamentos e dissimulações de todos os tipos possíveis" quando se tratava de lidar com um criminoso.

Seu pai não era criminoso. Não exatamente. Mas ele *tinha* sido aliciado para prestar serviço à vilania, basicamente ele agia em parceria com uma arqui-inimiga. Por isso talvez fosse bom esquivar-se, adiar a inevitável revelação indo a um restaurante.

Além disso, o esquilo estava com fome e precisaria de forças para enfrentar a batalha que tinha pela frente.

– Tudo bem – disse Flora. – Tudo bem, claro. Vamos comer.

CAPÍTULO VINTE E SETE
O mundo em toda a sua glória
de cheiros

Tudo bem. Claro. Vamos comer.

Que palavras maravilhosas, Ulisses pensou.

Vamos comer.

Falar sobre poesia.

O esquilo estava feliz.

Estava feliz porque estava com Flora.

Estava feliz porque as palavras do poema de Tootie flutuavam em sua cabeça e em seu coração.

Estava feliz porque logo ia comer.

E estava feliz porque estava, bem, *feliz*.

Ele se ergueu para fora da caixa de sapato, pôs as patas da frente na porta e o nariz para fora da janela aberta.

Era um esquilo andando de carro num dia de verão com alguém de quem ele gostava. A brisa batia nos seus bigodes e no seu nariz.

E havia muitos cheiros!

Latas de lixo transbordando, grama recém-aparada, lajes de pavimentação aquecidas pelo sol, a marga do barro, minhocas (também cheirando a marga, muitas vezes difícil de distinguir do cheiro de barro), cachorro, mais cachorro, cachorro de novo (ah, cachorros! Cachorros pequenos, cachorros grandes, cachorros tolos; provocar cachorros era garantia de prazer na vida de um esquilo), o cheiro penetrante de fertilizante, um vago sopro de alpiste, alguma coisa assando, uma leve sugestão de noz-pecã ou bolota de carvalho, o cheiro leve, pequeno e humilde de camundongo e o fedor implacável de gato. (Gatos eram terríveis; nunca devemos confiar em gatos, nunca.)

O mundo em toda a sua glória de cheiros, em toda a sua traição, glória e maluquice invadia Ulisses, corria por ele e o enchia. Ele sentia o cheiro de tudo. Até do azul do céu.

Queria captar aquilo. Queria escrever aquilo. Queria dizer para Flora. Voltou-se e olhou para ela.

– Abra os olhos para a maldade – ela disse.

Ulisses fez que sim.

As palavras do poema de Tootie soavam em sua cabeça:

– "Eleva-te como chama!"

Sim, ele pensou. *É isso que vou fazer. Vou me elevar como chama, e vou escrever tudo.*

CAPÍTULO VINTE E OITO
O Donut Gigante

—*V*ai ter que deixar o esquilo no carro – disse o pai de Flora, ao entrar no estacionamento do Donut Gigante.

– Não – disse Flora. – Está muito calor.

– Vou deixar as janelas abertas.

– Alguém pode roubá-lo.

– Você acha que alguém iria roubá-lo? – o pai disse em tom de dúvida, mas esperançoso. – Quem roubaria um esquilo?

– Um criminoso – disse Flora.

O elemento criminoso falava com frequência, e com ênfase, sobre as atividades nefastas de que todo ser humano é capaz. Insistia em que o coração humano era extremamente obscuro; comparava o coração a um rio. E dizia: "Se não tomarmos cuidado, esse rio poderá nos carregar em suas torrentes ocultas de penúria, ira e necessidade, e transformar cada um de nós no próprio criminoso que tememos."

– O coração humano é um rio profundo e obscuro com torrentes ocultas – Flora disse para o pai. – Há criminosos em todo lugar.

O pai tamborilou com os dedos no volante. – Gostaria de discordar de você, mas não posso.

Ulisses espirrou.

– Saúde – disse o pai de Flora.

– Não vou deixá-lo – disse Flora.

Alfred T. Escorregão levava seu periquito, Dolores, aonde quer que fosse, às vezes até aos escritórios da Companhia de Seguros de Vida Paxatawket. – Sem meu periquito, não – Alfred dizia.

– Sem meu esquilo, não – Flora disse.

Se seu pai reconheceu a frase, se as palavras lhe lembraram da época em que eles liam juntos sobre Incandesto, ele não demonstrou. Apenas suspirou. – Traga-o, então – ele consentiu. – Mas não tire a tampa da caixa de sapato.

Ulisses desceu para dentro da caixa e Flora, hesitante, fechou a tampa na carinha dele.

– Certo – ela disse. – Tudo bem.

A menina saiu do carro e levantou os olhos para o anúncio do Donut Gigante.

DONUTS GIGANTES NO INTERIOR!, o anúncio gritava com letras de neon, enquanto um donut imenso mergulhava sempre de novo numa xícara de café.

Mas não havia mão segurando o donut. *Quem está afogando o donut?*, Flora perguntou a si mesma. Um leve calafrio lhe percorreu a espinha.

E se todos nós formos donuts apenas à espera de sermos afogados?, ela pensou.

Era o tipo de pergunta que William Spiver faria. Ela até podia ouvi-lo perguntando. Também era o tipo de pergunta para a qual William Spiver teria uma resposta. Com William Spiver era assim. Ele sempre tinha uma resposta, mesmo que fosse irritante.

– Ouça uma coisa – ela sussurrou para a caixa de sapato. – Você não é um donut esperando para ser afogado. Você é um super-herói. Não se deixe enganar nem ser passado para trás. Lembre-se da pá. Fique de olho em George Buckman.

O pai dela saiu do carro. Pôs as mãos no bolso e fez tilintar seus troquinhos. – Vamos? – ele disse.

Esquivar-se! Adiar! Dissimular!

– Vamos – disse Flora.

CAPÍTULO VINTE E NOVE
Bilu-bilu

O Donut Gigante cheirava a ovo frito, a donut e a guarda-roupa dos outros. O salão estava cheio de risadas e mergulhos de donuts.

Uma garçonete fez Flora e o pai se instalarem num balcão de canto e lhes entregou cardápios enormes e lustrosos. Flora, furtivamente (*O elemento criminoso* recomendava agir furtivamente em todas as conjunturas possíveis), tirou a tampa da caixa de sapato. Ulisses pôs a cabeça para fora e passou os olhos pelo restaurante. Então voltou a atenção para o cardápio e o examinou com expressão sonhadora.

– Escolha o que quiser – disse o pai de Flora. – Peça o que seu coração desejar.

Ulisses suspirou de felicidade.

– Cuidado – Flora sussurrou.

Uma garçonete se postou ao lado deles, batendo o lápis no bloco de pedidos.

– O que posso trazer para vocês?

No crachá dela, seu nome estava escrito em letras maiúsculas: RITA!

Flora apertou os olhos. O ponto de exclamação fazia RITA! parecer meio suspeita ou, pelo menos, insincera.

– Bem – disse RITA! –, o que vai ser?

O cabelo de RITA! formava um amontoado muito, muito alto na cabeça dela. A moça parecia Maria Antonieta.

Não que Flora já tivesse visto Maria Antonieta, mas tinha lido sobre ela numa edição de *COISAS TERRÍVEIS PODEM ACONTECER A VOCÊ!* sobre a Revolução Francesa. Maria Antonieta, pelo pouco que Flora sabia sobre ela, teria sido uma péssima garçonete.

De repente Flora lembrou que estava com um esquilo no colo. Deu um tapinha na cabeça de Ulisses de novo. – Fique deitado – ela cochichou –, mas prepare-se. – Ela ajeitou o pano de prato de modo que o esquilo ficasse quase totalmente escondido.

– O que você tem aí? – perguntou RITA!

– Onde? – disse Flora.

– Na caixa – disse RITA! – Trouxe uma boneca na caixa? Está falando com sua boneca?

– Falando com minha boneca? – disse Flora. A menina sentiu uma onda de indignação lhe subir pelo rosto. Pelo amor de Pete! Ela tinha dez anos, quase onze. Sabia aplicar RCP. Sabia combater uma arqui-inimiga. Conhecia a profunda importância da gordura de foca. Era assessora de um super-herói.

Além disso, era cínica.

Nenhuma cínica que se prezasse sairia por aí carregando uma boneca.

– Eu. Não. Tenho. Uma. Boneca – disse Flora.

– Deixe-me vê-la – pediu RITA! – Não precisa ter vergonha

– ela se debruçou. Maria Antonieta raspou no queixo de Flora seu imenso monte de cabelo.

– Não – disse Flora.

– George Buckman – falou o pai de Flora, com voz preocupada. – Muito prazer.

– Bilu-bilu – disse RITA!

Flora teve uma sensação muito nítida, muito específica de que tudo estava perdido.

RITA! enfiou seu lápis bem devagarinho na caixa de sapato. Foi empurrando o pano de prato. Bem devagarinho. E o pano de prato (bem devagarinho) caiu para trás e revelou a cara bigoduda de Ulisses.

– George Buckman – disse o pai de Flora, com voz muito mais alta. – Muito prazer.

RITA! deu um grito longo e incrivelmente alto.

Ulisses respondeu com outro grito.

E então ele pulou para fora da caixa de sapato.

A partir daí as coisas deixaram de acontecer num ritmo tão lento. O esquilo foi aerotransportado e o tempo voltou a correr vertiginosamente.

Finalmente!, Flora pensou. *É a hora do Incandesto!*

CAPÍTULO TRINTA
Ovos estrelados!

*E*le nunca teve tanto medo na vida. Nunca. A cara da mulher era monstruosa. O cabelo dela era monstruoso. E ele também achava a palavra no crachá dela (RITA!) monstruosa.

Fique calmo, Ulisses disse para si mesmo quando ela começou a escarafunchar a caixa com o lápis. Manteve-se o mais imóvel possível.

Mas então RITA! berrou.

E foi absolutamente impossível não responder ao berro longo e estridente dela com outro berro longo e estridente.

Ela berrou. Ele berrou.

Então todos os seus instintos animais se mobilizaram. Ele agiu sem pensar. Tentou escapar. Pulou da caixa e acabou indo parar, de algum modo, exatamente onde não queria: no meio do cabelo monstruoso dela.

RITA! pulava no lugar. Pôs as mãos na cabeça. Batia e dava unhadas, tentando desalojá-lo. Quanto mais forte ela batia, mais alto ela pulava, com mais força o esquilo se agarrava.

Assim, RITA! e Ulisses dançavam juntos por todo o Donut Gigante.

– O que está acontecendo? – alguém gritou.

– O cabelo dela está pegando fogo – alguém respondeu.

– Não, não, tem alguma coisa no cabelo dela – outra pessoa gritou. – É uma coisa viva!

– Aarrrrgggghhhhhh! – RITA! berrava. – Socooooorrrro!

Ulisses tentava adivinhar por que as coisas tinham dado tão errado.

Só alguns momentos antes ele estava examinando o cardápio do Donut Gigante, encantado com as fotografias vistosas e brilhantes de comidas e as descrições dos pratos.

Havia donuts gigantes com *sprinkles*, donuts gigantes polvilhados, com cobertura! Donuts gigantes recheados de coisas: geleia, creme, chocolate.

Ele nunca tinha visto um donut gigante.

Na verdade, nunca tinha visto nenhum tipo de donut.

Pareciam deliciosos. Todos eles. Como um esquilo poderia escolher?

E, para complicar as coisas, havia ovos: mexidos, *poché*, quentes, estrelados.

Estrelados!, Ulisses pensou, sempre agarrado aos cabelos de RITA! *Que palavra linda!*

Um homem surgiu da cozinha. Tinha na cabeça um chapéu branco gigantesco e segurava um objeto de metal que cintilava sob as luzes do Donut Gigante. Era uma faca.

– Me ajude! – RITA! berrou.

Eu também, Ulisses pensou. *Me ajude também.*

Mas tinha certeza de que o homem da faca não tinha nenhuma intenção de ajudá-lo.

Então ele ouviu a voz de Flora. Não conseguia vê-la porque RITA! estava rodopiando, e tudo no restaurante parecia meio borrado. Todos os rostos tinham virado um rosto só; todos os berros tinham virado um berro só.

Mas a voz de Flora se destacava. Era a voz da pessoa que ele amava. O esquilo se concentrou nas palavras dela. Esforçava-se para entendê-la.

– Ulisses! – ela gritou. – Lembre-se de quem você é!

Lembrar-se de quem ele era?

Quem era ele?

Como se Flora tivesse ouvido a pergunta não pronunciada, ela respondeu: – Você é Ulisses!

Certo, ele pensou. *Eu sou.*

– Aja! – Flora gritou.

Bom conselho. Flora tinha toda a razão. Ele era Ulisses e precisava agir.

O homem da faca vinha na direção de RITA!

Ulisses se soltou dos cabelos dela. Pulou de novo. Dessa vez pulou de propósito e intencionalmente. Pulou com toda a sua força.

Ele voou.

CAPÍTULO TRINTA E UM
Santos acontecimentos imprevistos

*F*lora via Ulisses voar por cima dela, com o rabo esticado e as patas da frente delicadamente estendidas. Era exatamente como ela tinha sonhado. Ele estava incrivelmente, inegavelmente heroico.

– Santa bagumba – Flora disse.

Ela subiu no balcão para ter uma visão melhor.

Quando Incandesto voava, quando se tornava um risco brilhante de luz na escuridão do mundo, geralmente estava rumando para algum lugar, para salvar alguém, e Dolores sempre voava ao lado dele, dando conselhos, ânimo e sabedoria.

Flora não sabia exatamente o que Ulisses estava fazendo, e ele também não parecia saber. Mas ele estava voando.

– George Buckman – o pai dela sussurrou. – Muito prazer.

Flora tinha esquecido o pai. Ele estava olhando para o alto, para Ulisses. E estava sorrindo. Não era um sorriso triste. Era um sorriso alegre.

– Papai? – Flora disse.

RITA! deu um berro longo e alto: – Ele estava no meu cabelo!

Alguém jogou um donut em Ulisses.

Um bebê começou a chorar.

Flora desceu do balcão para ficar ao lado do pai. Deslizou a mão para segurar a mão dele.

– Santos acontecimentos imprevistos – o pai de Flora disse, com a voz de Dolores.

Fazia muito tempo que Flora não ouvia o pai dizer aquelas palavras.

– O nome dele é Ulisses – ela falou.

O pai olhou para ela e ergueu as sobrancelhas. – Ulisses – ele disse. Balançou a cabeça e riu. Foi uma sílaba só: – Ha. Então ele riu mais. – Ha-ha-ha.

O coração de Flora se abriu dentro dela. – Não tenha esperança – ela sussurrou para seu coração.

Então ela notou que o cozinheiro pulava e girava, balançando a faca e tentando acertar o esquilo voador.

Flora levantou os olhos para o pai e disse: – Esse crime tem que ser impedido. Certo?

– Certo – disse o pai.

E, como o pai tinha concordado, Flora estendeu o pé e deu uma rasteira no homem da faca.

CAPÍTULO TRINTA E DOIS
Sprinkles

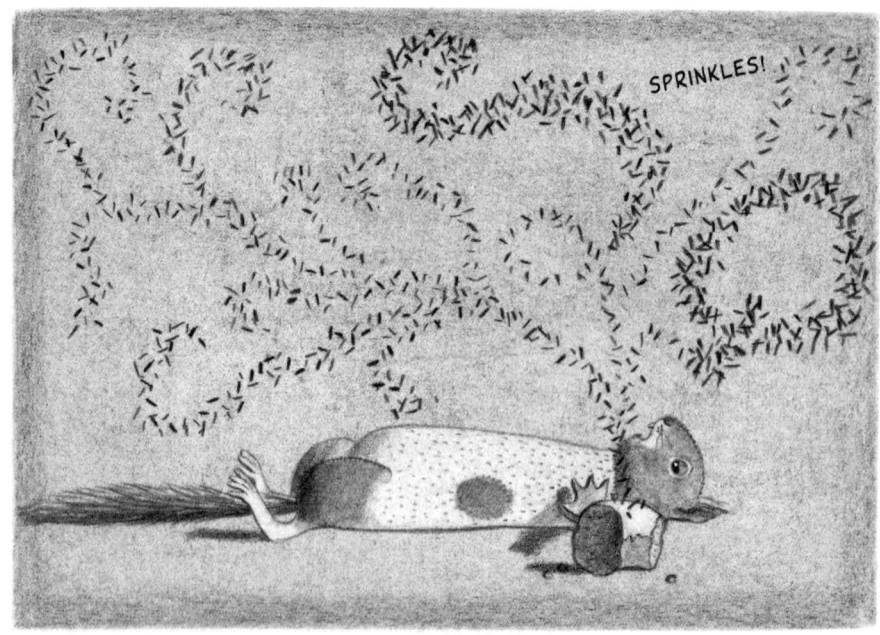

CAPÍTULO TRINTA E TRÊS
Hidrofobia dá coceira?

$\mathcal{E}$le estava de olhos fechados. Sua cabeça sangrava. Flora tinha lido em *COISAS TERRÍVEIS PODEM ACONTECER A VOCÊ!* que ferimentos na cabeça sangram muito, sejam graves ou não.

– Todos os ferimentos na cabeça sangram demais – ela disse ao pai. – Não entre em pânico.

– Tudo bem – disse o pai. – Use isto – e entregou à menina a gravata dele.

Flora se ajoelhou. Estava com uma forte sensação de que já tinha visto aquela cena. Ora, no dia anterior não tinha se debruçado sobre o corpo de um esquilo desconhecido no quintal de Tootie?

– Ulisses? – ela disse. Limpou o sangue com a gravata.

O esquilo não abriu os olhos.

Fez-se um silêncio misterioso. Uma calma sobrenatural tomou conta de todo o Donut Gigante. Os donuts, o esquilo, seu pai, tudo parecia estar com a respiração suspensa.

Flora sabia o que estava acontecendo. Tinha lido sobre isso em *COISAS TERRÍVEIS PODEM ACONTECER A VOCÊ!* Era a calma anterior à tempestade. O ar fica parado. Os passarinhos param de cantar. O mundo fica à espera.

Então chega a tempestade.

Dentro do Donut Gigante houve um momento de profundo

silêncio, de suspensão coletiva da respiração. Então alguém dise: – Acho que era um rato.

– Mas ele estava voando – disse outra voz.

– Estava no meu cabelo – falou RITA!

O cozinheiro gritou: – Vou chamar a polícia! É isso que eu vou fazer!

RITA! estava bem atrás dele. – Esqueça a polícia, Ernesto. Chame a ambulância. Peguei hidrofobia. Ele estava na minha cabeça.

– Você – disse Ernesto. E apontou a faca para Flora. – Você me passou uma rasteira.

– É ela – disse RITA! – Foi ela, sim. Além do mais, foi ela que trouxe isso aqui para dentro. E vestiu essa coisa de boneca.

– Não vesti ninguém de boneca – negou Flora. – E foi tudo culpa sua.

O elemento criminoso dizia que às vezes convinha colocar o criminoso na defensiva fazendo "comentários difamantes ou ostensivamente mentirosos. A perfídia surpreendente dessa tática muitas vezes faz o criminoso perder o eixo".

Pelo visto tinha funcionado.

RITA! estacou. Abriu e fechou a boca. – Minha culpa? – ela disse.

Flora se debruçou sobre Ulisses e pôs o dedo no peito dele. Sentiu seu coração bater de um jeito lento e sereno. Sentiu uma onda de gratidão e alívio. E o coração dela, até então acelerado, começou a bater mais lentamente dentro do seu peito. Respondia ao coração do esquilo com um *tum, tum, tum* moderado.

O coração dela parecia dizer *Ulisses, Ulisses.*

– Estou chamando a polícia – disse Ernesto.

– George Buckman. Muito prazer! – gritou o pai de Flora. – Há alguma razão para chamar a polícia?

– Sim, pelo menos uma – disse RITA! –, ele estava no meu cabelo.

– Você acha que um esquilo no seu cabelo é caso de polícia? – disse o pai de Flora.

A tolice da pergunta, sua lógica perturbadora, fez Flora, de repente, sentir-se grata ao pai. Ela pegou Ulisses e o embalou no braço esquerdo.

– Parece que estou sentindo a hidrofobia chegar – disse RITA! – Meu estômago está coçando.

– Hidrofobia dá coceira? – disse o pai de Flora.

– Vou chamar alguém – falou Ernesto. – Ela me deu uma rasteira.

– Quem você acha que convém chamar em caso de rasteira? – disse o pai de Flora. Ele abriu a porta. Fez um gesto para Flora sair. Ela saiu.

A porta se fechou atrás deles.

– Corra! – disse o pai.

E os dois começaram a correr. A certa altura, o pai de Flora começou a rir de novo. Não era uma risada do tipo "ha-ha-ha". Era do tipo "hoooooo-heeeeeee".

Histeria, Flora pensou.

Ela sabia o que fazer em caso de histeria. O pai precisava levar uns tapas. Infelizmente, não dava tempo. Tinham que bater em retirada.

O pai riu o tempo todo, até chegarem ao carro. Continuou rindo depois que entraram no carro. Continuou rindo ao colocar as mãos no volante, nas dez horas e nas duas. Continuou rindo enquanto dava marcha a ré e saía do Donut Gigante.

Ele só parou de rir uma vez, o tempo suficiente para gritar "Santa bagumba!" com a voz da periquita Dolores.

Depois voltou a rir.

CAPÍTULO TRINTA E QUATRO
A retirada

$\mathcal{E}$les estavam batendo em retirada, mas era uma retirada muito lenta. Porque, embora o pai de Flora achasse tudo hilário, embora estivesse falando com voz de periquito, pelo visto ele ainda não suportava velocidade.

Flora olhava para trás, para ver se estavam sendo seguidos pela polícia. Ou por RITA! e Ernesto.

Quando finalmente ela baixou os olhos para Ulisses, ele ainda estava de olhos fechados e Flora teve um pensamento horrível.

– E se ele estiver com traumatismo cerebral? – Flora disse ao pai.

O pai, é claro, deu risada.

Flora tentou lembrar o que *COISAS TERRÍVEIS PODEM ACONTECER A VOCÊ!* dizia sobre traumatismo cerebral. Falava alguma coisa sobre fazer a pessoa que levou a pancada na cabeça recitar uma quadrinha infantil conhecida para avaliar alguns padrões da fala, como desarticulação, etc.

Flora observou o esquilo.

Ele não sabia falar. Decerto também não conhecia nenhuma quadrinha infantil.

Ulisses tinha um corte muito pequeno na cabeça, mas parara de sangrar e sua respiração era suave e regular.

– Ulisses? – ela disse.

Então a menina se lembrou, integralmente, de uma sentença funesta de **COISAS TERRÍVEIS!**: "É absolutamente imperativo que se mantenha o paciente acordado o tempo todo."

Ela sacudiu o esquilo de leve. Seus olhos continuavam fechados. Flora o sacudiu com mais força, ele abriu os olhos e logo voltou a fechá-los.

O coração de Flora deu um tranco e caiu até o pé. De repente ela se apavorou.

– Super-heróis morrem? – ela falou em voz alta.

O pai parou de rir. – Ouça – ele disse –, não vamos deixá-lo morrer.

O coração de Flora deu mais um tranco, mas dessa vez foi um tranco diferente. Não era de pavor, mas de esperança.

– Quer dizer que você não vai tentar bater na cabeça dele com uma pá? – ela disse.

– Não – falou o pai.

– Nunca?

– Nunca.

– Promete?

– Prometo.

O pai olhou para ela pelo espelho retrovisor. E Flora olhou para ele.

– Então vamos para a sua casa – ela disse. – Lá ele vai estar seguro.

Ao ouvir essas palavras, George Buckman começou a rir histericamente. De novo.

CAPÍTULO TRINTA E CINCO
Cheiro do medo

O pai de Flora nunca andava pelos corredores do edifício Blixen Arms.

Ele corria.

E Flora Buckman, segurando seu esquilo possivelmente com traumatismo cerebral, corria com ele.

Flora e George Buckman corriam porque o proprietário e administrador do Blixen Arms era um homem chamado senhor Klaus, que tinha um gato enorme, bravo e cor de laranja também chamado Senhor Klaus. O gato Senhor Klaus perambulava pelos corredores do Blixen Arms, fazendo xixi na porta dos moradores e vomitando nas escadas.

Senhor Klaus também era conhecido por se esconder na escuridão verde dos corredores e ficar esperando até que alguma pessoa infeliz saísse pela porta do seu apartamento (entrasse pela porta principal do Blixen Arms ou ainda descesse até a lavanderia, que ficava no porão). Então ele avançava no tornozelo da pessoa, mordendo, arranhando e rosnando – e às vezes (excepcionalmente) ronronando.

Os tornozelos do pai de Flora tinham cicatrizes profundas.

– O gato fareja o medo das pessoas! – Flora gritou, enquanto corria. – É um fato científico.

Ela tinha lido sobre medo em *COISAS TERRÍVEIS PODEM*

ACONTECER A VOCÊ! "O medo tem cheiro", dizia *COISAS TERRÍ-VEIS!* "E o cheiro do medo incita mais ainda o predador."

Na frente dela, o pai ria sua risada vigorosa e aparentemente interminável.

Se tivesse mais tempo, Flora certamente diria: – Pelo amor de Pete, qual é a graça?

Mas ela não tinha tempo.

Havia um esquilo que precisava ser salvo.

CAPÍTULO TRINTA E SEIS
Surpresa. Raiva. Alegria.

*F*lora ficou olhando a placa no apartamento 267. Era de imitação de madeira e nela estavam gravadas letras brancas que formavam as palavras: RESIDE AQUI: DO DOUTOR MEESCHAM!

O que aquilo queria dizer? O que era do doutor Meescham? E aquele ponto de exclamação? Será que as pessoas não sabiam para que ele servia?

Surpresa, raiva, alegria: para isso serviam os pontos de exclamação. Não tinham nada a ver com quem residia onde.

Mas naquele momento específico o ponto de exclamação parecia perfeitamente adequado. Era excelente que um médico (que não sabia usar pontuação) morasse no apartamento 267.

– O que você está olhando? – disse o pai de Flora. Ele estava enfiando a chave na porta do apartamento 271 e rindo baixinho.

– Aqui mora um médico – disse Flora.

– O doutor Meescham – informou o pai.

– Vou ver se ele pode nos ajudar com o Ulisses – a menina disse.

– Excelente ideia – falou o pai, abrindo a porta do apartamento dele. Olhou para a esquerda e para a direita. – Cuidado com o Senhor Klaus! – ele disse. – Encontro você num instante.

Ele bateu a porta bem quando Flora estendeu a mão para bater na porta do doutor Meescham.

Mas a menina não chegou a bater.

A porta se escancarou por conta própria. Uma velha senhora apareceu, sorrindo, os dentes brancos brilhando na eterna penumbra verde do corredor. Alguém estava gritando dentro do apartamento. Não, alguém estava cantando. Era ópera. Música de ópera.

– Finalmente – disse a velhinha. – Estou tão feliz por ver o seu rosto.

Flora se voltou e olhou para trás.

– Estou falando com você, florzinha.

– Comigo? – disse Flora.

– É, com você. Florzinha. Flora Belle. Amada do seu pai, senhor George Buckman. Entre, Florzinha. Entre.

– Na verdade – disse Flora –, estou procurando um médico. É uma emergência médica.

– Claro, claro – concordou a velha senhora. – Nós somos, todos nós, emergências médicas! Agora você tem que entrar. Esperei tanto tempo!

Ela estendeu os braços e puxou Flora para dentro do apartamento 267.

O elemento criminoso falava muito sobre entrar na casa de estranhos. Sugeria que fazer isso era arriscado e que, quando alguém tomava a decisão (questionável) de entrar na casa de um desconhecido, deveria deixar uma porta aberta para o mundo exterior o tempo todo para facilitar uma fuga precipitada.

A velhinha bateu a porta.

A música de ópera estava muito alta.

Flora baixou os olhos para a mão que segurava seu braço. Era cheia de manchas e enrugada.

Amada?, Flora pensou. *Eu?*

CAPÍTULO TRINTA E SETE
Cantando com os anjos

*E*le acordou com um único olho gigantesco e molhado olhando para ele.

Ele piscou. Sua cabeça doía. O olho gigantesco era fascinante e bonito. Era como contemplar um pequeno planeta, todo um mundo triste e solitário.

Ulisses achou difícil desviar os olhos.

Fitava o olho, e o olho o fitava.

Será que ele estava morto? Será que tinha levado uma pancada na cabeça com uma pá?

Ouvia alguma coisa cantar. Sabia que deveria estar com medo, mas não estava. Nas últimas vinte e quatro horas tinha acontecido tanta coisa com ele que, a certa altura, tinha deixado de se preocupar. Tudo tinha se tornado interessante, em vez de preocupante.

Se estivesse morto, bem, também isso era interessante.

– Minha vista já não é como antes – disse uma voz. – Quando era menina, em Blundermeecen, eu conseguia ler a placa antes que os outros a vissem. Não que o fato de enxergar bem as coisas me trouxesse alguma vantagem. Às vezes é mais seguro não enxergar. Em Blundermeecen as palavras da placa muitas vezes não eram a verdade. E eu pergunto: O que adianta ler as palavras de uma mentira? Mas isso é outra história, que vou lhe contar depois. Acho que esta lente de aumento vai ajudar muito. Sim. Sim. Estou vendo. Ele está bem vivo.

– Eu sei que ele está vivo – disse outra voz. – Isso eu posso afirmar.

Flora! Flora estava com ele. Que alívio.

– Humm, sim. Entendi. É um esquilo.

– Pelo amor de Pete! – disse Flora. – Eu sei que ele é um esquilo.

– Ele perdeu muito pelo – falou a voz.

– Que tipo de médica é a senhora? – disse Flora.

As vozes na sala continuavam cantando. Eram cheias de tristeza, amor e desespero. A voz pertencente ao olho gigante cantarolava junto com elas.

Ulisses tentou ficar em pé.

Uma mão suave o empurrou de volta.

– Eu sou a doutora Meescham, doutora em filosofia – disse a voz. – Meu marido, doutor Meescham, era doutor em medicina. Mas ele foi embora. É um eufemismo, é claro. Quero dizer que ele morreu. Ele foi embora deste mundo. Está em algum outro lugar, cantando com os anjos. Ah, eis outro eufemismo: cantando com os anjos. Pois eu lhe pergunto: por que é tão difícil evitar os eufemismos? Eles se insinuam, sempre, para tentar tornar as coisas difíceis mais agradáveis. Então, vou tentar de novo: o doutor Meescham, que era médico, morreu. Espero que ele esteja em algum lugar, cantando. Talvez cantando alguma coisa de Mozart. Mas quem pode saber onde ele está e o que está fazendo?

– Pelo amor de Pete! – Flora disse de novo. – Preciso de um

doutor em medicina. Ulisses pode estar com traumatismo cerebral.

– Pss, pss, calma, calma. Por que está tão agitada? Não precisa se preocupar. Com o que está preocupada? Diga o que aconteceu para que seja levada a pensar em traumatismo cerebral.

– Ele bateu numa porta – disse Flora. – De cabeça.

– Hummm, sei. Isso pode causar traumatismo cerebral. Quando eu era menina, em Blundermeecen, as pessoas tinham muito traumatismo cerebral, um dom dos *trolls*, entende?

– Dom dos *trolls*? – perguntou Flora. – O que está dizendo? Olhe para ele. Ele parece estar com traumatismo cerebral?

O olho gigantesco da doutora Meescham chegou mais perto, muito mais perto. O olho o examinou. As belas vozes cantavam. A doutora Meescham cantarolava. Ulisses sentia uma estranha paz. Se passasse o resto da vida sendo contemplado por um olho gigante e ouvindo uma voz cantarolar, as coisas poderiam ser piores.

– As pupilas dos olhinhos dele não estão dilatadas – disse a doutora Meescham.

– Pupilas dilatadas – disse Flora. – Não me lembrava disso.

– Pois é, isso é bom. Sinal animador. Agora vamos ver se ele se lembra do que aconteceu. Vamos fazer teste de amnésia.

Ele viu o rosto de Flora. Ficou feliz em ver a menina e sua cabeça redonda. – Ulisses – ela disse –, você se lembra do que aconteceu? Lembra que você estava no Donut Gigante?

Ele se lembrava de estar no cabelo de RITA!? Lembrava-se de RITA! gritando? Lembrava-se do homem da faca? Lembrava-se de que tinha voado? Lembrava-se de ter batido a cabeça com força? Lembrava-se de *não* ter comido um donut gigante? Vamos ver: sim, sim, sim, sim, sim. E sim.

Ele fez que sim.

– Ah – disse a doutora Meescham. – Ele está meneando a cabeça. Está se comunicando com você.

– Ele é, hum, diferente. Especial – disse Flora. – Um tipo especial de esquilo.

– Excelente! Ótimo! Acredito!

– Aconteceu uma coisa com ele.

– É, ele bateu de cabeça na porta.

– Não – corrigiu Flora. – Antes disso. Ele foi aspirado. É, sugado por um aspirador de pó.

Houve um breve silêncio. Então a doutora Meescham voltou a cantarolar. Ulisses tentou de novo ficar em pé e foi de novo empurrado de volta suavemente.

– Você está falando por eufemismo? – perguntou a doutora Meescham.

– Não – disse Flora. – Estou falando literalmente. Ele foi aspirado. Isso o deixou mudado.

– Com certeza! – disse a doutora Meescham. – Ficou mudado depois que foi aspirado.

Ela ergueu a lente de aumento até os olhos e se debruçou para examiná-lo. Ela baixou a lente de aumento. – Por favor, o que foi que mudou nele?

Ulisses ficou de quatro e ninguém o empurrou de volta.

– Fale sem eufemismos – pediu a doutora Meescham.

– Ele tem poderes – disse Flora. – Ele é forte. E consegue voar – ela fez uma pausa. – E, também, ele sabe datilografar. E escreve, hum, poesia.

– Datilógrafo! Poesia! Voa! – disse a doutora Meescham. Ela parecia maravilhada.

– O nome dele é Ulisses.

– É um nome importante – falou a doutora Meescham.

– Bem – disse Flora –, era o nome do aspirador de pó que quase o matou.

A doutora Meescham olhou Ulisses bem nos olhos.

Era raro alguém olhar um esquilo bem nos olhos.

Ulisses se empertigou. Também olhou para a doutora Meescham. Seus olhares se encontraram.

– Você deve colocar na lista dos poderes dele a capacidade de compreender. Não é pouca coisa, compreender – a doutora Meescham disse para Flora. E então voltou-se de novo para Ulisses.

– Por acaso você está sentindo um pouco de enjoo de estômago?

Ulisses fez que não com a cabeça.

– Muito bem – disse a doutora Meescham, batendo palmas.

– Estou achando que Ulisses não está com traumatismo cerebral. Só tem esse cortezinho na cabeça. Fora isso, ótimo, maravilha, fantástico! Acho que o esquilo talvez esteja com fome.

Ulisses fez que sim.

Sim, sim! Ele estava com muita fome. Queria ovos estrelados. Queria donuts. Com *sprinkles*.

CAPÍTULO TRINTA E OITO
Escuridão implacável

– *V*ocê – a doutora Meescham disse para Flora –, sente-se no sofá e ouça Mozart, enquanto vou fazer uns sanduíches para nós.

– E o meu pai? – disse Flora. – Não seria bom eu dizer para ele onde estou?

– O senhor George Buckman sabe onde você está – disse a doutora Meescham. – Ele sabe que você está em segurança. Então, ótimo. Está tudo bem. Sente-se no sofá de crina, por favor.

A doutora Meescham foi para a cozinha e Flora olhou para o sofá. Era um sofá enorme. Sentou-se nele, meio desconfiada, depois, devagar, bem devagarinho, foi escorregando para fora dele.

– Uau – ela disse.

Subiu de novo no sofá e se esforçou para parar no lugar. Pôs uma mão de cada lado do corpo e as pernas bem retinhas para a frente. Sentia-se como uma boneca imensa. Também sentia-se cansada, muito cansada. E um pouquinho confusa.

Em *COISAS TERRÍVEIS PODEM ACONTECER A VOCÊ!* havia uma lista de sintomas do estado de choque, mas Flora não se lembrava deles.

Será que um dos sintomas do estado de choque era a pessoa não conseguir se lembrar dos sintomas do estado de choque?

Ela olhou para Ulisses. Ele ainda estava sobre a mesa da sala de jantar. Também parecia confuso.

Flora acenou para ele, o esquilo respondeu meneando a cabeça.

Então ela reparou que havia um quadro pendurado na parede em frente ao sofá. Era uma pintura de algo que parecia só escuridão. Escuridão absoluta.

"Escuridão implacável" era uma frase que aparecia muito em *O elemento criminoso*, mas por que alguém faria uma pintura da escuridão absoluta?

Flora deslizou para fora do sofá, foi até o quadro e o examinou mais de perto. No meio de toda a escuridão havia um barco minúsculo, que flutuava num mar escuro. Flora aproximou bem o rosto da pintura. Alguma coisa envolvia o barco, parecia uma sombra de tentáculos.

Pelo amor de Pete! O barco minúsculo no mar escuro estava sendo devorado por uma lula-gigante.

O coração de Flora se manifestou com um pequeno tranco de medo.

– Santa bagumba! – ela sussurrou.

Da cozinha veio um barulho de talheres tilintando e pratos quebrando. A música de ópera terminou.

– Ulisses! – disse Flora.

Ela olhou para trás e viu o esquilo no chão, farejando o rabo.

– Venha cá – ela disse.

Ele foi até a menina, que o pegou e o colocou no ombro.

– Veja – ela disse.

Ulisses olhou para o quadro.

– O barco está sendo devorado por uma lula-gigante.

Ele fez que sim.

– É uma tragédia – disse Flora. – Tem gente a bordo do barco. Veja, dá para ver as pessoas. São do tamanho de formigas, mas são gente.

Ulisses piscou. Fez que sim, de novo.

– Todos vão morrer – Flora explicou. – Não vai sobrar ninguém. Como super-herói, você deveria estar indignado. Deveria querer salvá-los. É o que Incandesto faria!

– Ah – disse a doutora Meescham, chegando da cozinha –, estão observando minha pobre e solitária lula-gigante.

– Solitária? – disse Flora.

– A lula-gigante é a mais solitária das criaturas de Deus. Às vezes passa a vida inteira sem ver nenhuma outra da sua espécie.

Por alguma razão, as palavras da doutora Meescham lhe trouxeram à lembrança o rosto de William Spiver, de cabelos brancos e olhos pretos. O coração de Flora se contraiu. *Vá embora, William Spiver*, ela pensou.

– Essa lula é uma malvada – Flora disse, em voz alta. – Precisa ser derrotada. Está devorando um barco. E vai devorar todas as pessoas do barco.

– É, pois é, a solidão nos leva a fazer coisas terríveis – disse a doutora Meescham. – É por isso que o quadro está aí, para que eu me lembre disso. Também porque o doutor Meescham fez essa pintura quando era jovem e alegre.

Minha nossa, Flora pensou. *O que será que ele pintou quando ficou velho e deprimido?*

– Agora, por favor, sentem-se no sofá de crina – disse a doutora Meescham –, vou trazer os sanduíches de geleia.

Flora sentou no sofá. Ulisses ainda estava no ombro dela. A menina ergueu a mão e tocou nele. Ulisses estava quente. Era um geradorzinho de calor.

– A lula-gigante é a criatura mais solitária da existência – Flora disse, em voz alta.

Depois, para manter as coisas claras e definidas, ela murmurou:

– Gordura de foca.

Em seguida sussurrou:

– Não tenha esperança; apenas observe.

Continuou com a mão pousada no esquilo.

CAPÍTULO TRINTA E NOVE
As lágrimas escorrem

A doutora Meescham veio da cozinha trazendo um prato cor-de-rosa com sanduichinhos. Ela se sentou ao lado de Flora.

– Você está desfrutando do sofá de crina de cavalo – ela disse para a menina.

– Imagino – disse Flora. Ela não sabia exatamente como alguém desfrutava de um sofá de crina de cavalo.

– Você vai comer um sanduíche de geleia – disse a doutora Meescham, estendendo o prato para Flora.

Ulisses pulou do ombro de Flora para o colo dela. Ele cheirou o prato.

– Nosso paciente está com fome – disse a doutora Meescham.

– Ele não tomou café da manhã – disse Flora. A menina pegou dois sanduíches e deu um para Ulisses.

– Este sofá – disse a doutora Meescham – é da minha avó. Ela nasceu neste sofá. Em Blundermeecen. Ela morou lá a vida toda. E está enterrada lá, numa floresta escura. Mas essa é outra história. O que eu queria dizer é que, quando eu era menina, em Blundermeecen, eu sentava neste sofá e conversava com a minha avó sobre coisas sem importância, até caírem as sombras da noite. Naquele tempo era isso que as meninas faziam em Blundermeecen. O esperado era que elas ficassem conversando sobre coisas sem importância até caírem as sombras da noite. Também tinham que fazer tricô.

Em Blundermeecen as sombras estavam sempre caindo. Sempre, sempre as meninas tricotavam roupas para os pequenos *trolls*.

– Que pequenos *trolls*? – disse Flora. – E onde fica Blundermeecen?

– Não importam os *trolls*, por agora. Só queria dizer que a vida naquela época era muito cheia de sombras e estávamos sempre fazendo tricô.

– Parece ruim.

– Era exatamente isso: ruim – disse a doutora Meescham. Ela sorriu. Sua dentadura brilhava muito. Um dos incisivos postiços estava sujo de geleia de morango.

Flora pegou outro sanduíche. Será que **COISAS TERRÍVEIS PODEM ACONTECER A VOCÊ!** alertava contra comer sanduíches de geleia na casa de uma mulher de Blundermeecen?

– Seu pai é um homem solitário – disse a doutora Meescham.

– E também muito triste. Quando deixou você, ficou com o coração arrebentado.

– É mesmo? – disse Flora.

– Sim, sim. O senhor George Buckman sentou muitas vezes neste sofá de crina. Falou da tristeza dele. Chorou. Este sofá viu as lágrimas de muita gente. É um sofá bom para lágrimas. Elas escorrem por ele, sabe.

Então o pai dela tinha sentado naquele sofá e chorado até caírem as sombras da noite?

De repente Flora sentiu vontade de chorar também. O que havia de errado com ela?

Gordura de foca, ela pensou. As palavras a acalmaram.

Ela deu outro sanduíche para Ulisses.

– Seu pai tem um coração copioso – disse a doutora Meescham. – Sabe o que isso quer dizer?

Flora fez que não com a cabeça.

– Quer dizer que o coração de George Buckman é grande. Ele é capaz de carregar muita alegria e muita tristeza.

– Ah – disse Flora.

Por alguma razão, ela ouviu a voz de William Spiver dizendo que o universo era aleatório.

– Coração copioso – dizia a voz da doutora Meescham.

– Universo aleatório – dizia William Spiver.

Copioso. Aleatório. Coração. Universo.

Flora estava tonta.

– Sou uma cínica! – ela anunciou, sem nenhum motivo especial e em voz alta demais.

– Bah, cínica – disse a doutora Meescham. – Cínicas são pessoas que têm medo de acreditar.

Ela abanou a mão na frente do rosto, como se estivesse espantando uma mosca.

– Você acredita em, hum, coisas? – perguntou Flora.

– Sim, acredito – respondeu a doutora Meescham. E sorriu de novo seu sorriso brilhante demais. – Já ouviu falar na Aposta de Pascal?

– Não – disse Flora.

– Pascal – disse a doutora Meescham – achava que, já que

não podemos provar se Deus existe devemos acreditar que ele existe porque, acreditando, temos tudo a ganhar e nada a perder. Para mim é assim. O que tenho a perder se eu escolher acreditar? Nada. Veja esse esquilo, por exemplo. Ulisses. Será que acredito que ele é capaz de escrever poesia? Claro que acredito. Haverá muito mais beleza no mundo se eu acreditar que isso é possível.

Flora e a doutora Meescham olharam para Ulisses. Ele estava segurando metade de um sanduíche com as patas da frente. Seus bigodes estavam respingados de geleia de morango.

– Sabe o que é um super-herói? – disse Flora.

– Claro que sei o que é um super-herói.

– Ulisses é um super-herói – disse Flora. – Mas na verdade ele ainda não fez nada de heroico. Ele deu umas voadas. Ergueu um aspirador de pó. Escreveu um pouco de poesia. Mas não salvou ninguém. E é isso que se supõe que os super-heróis façam: salvar pessoas.

– Quem sabe o que ele ainda vai fazer? – disse a doutora Meescham. – Quem sabe quem ele vai salvar? Há muitos milagres que ainda não aconteceram.

Flora viu um respingo de geleia do bigode de Ulisses estremecer e cair em câmera lenta no sofá de crina.

– Tudo é possível – disse a doutora Meescham. – Quando eu era menina, em Blundermeecen, coisas milagrosas aconteciam todos os dias. Ou a cada dois dias. Ou a cada três dias. Na verdade, às vezes não aconteciam, nem depois de três dias.

Mesmo assim, ficávamos esperando. Entende o que quero dizer? Mesmo que não acontecesse nada, ficávamos esperando. Sabíamos que o milagre chegaria.

Bateram na porta.

– Está vendo? – disse a doutora Meescham. – Deve ser seu pai, o senhor George Buckman.

Flora se levantou e foi abrir a porta. Era o pai dela. E ele estava sorrindo. De novo. Ainda. Parecia uma espécie de milagre.

– Oi, papai – ela disse.

– Está vendo? – falou a doutora Meescham. – Ele está sorrindo.

O sorriso do pai de Flora cresceu. Ele tirou o chapéu. Inclinou-se.

– George Buckman – ele disse. – Muito prazer.

Flora não conseguiu evitar. Sorriu também.

Ainda estava sorrindo quando um barulho que parecia o do fim do mundo ecoou pelo corredor do Blixen Arms. Um minuto o pai dela estava ali, em pé, com o chapéu na mão, sorrindo, e no minuto seguinte o Senhor Klaus (o gato) saiu de lugar nenhum e aterrissou bem em cima da cabeça desprotegida de George Buckman.

CAPÍTULO QUARENTA
Derrotado!

POR SORTE, UM SUPER-HERÓI ESTAVA PRESENTE.

OVOS ES-TRELADOS!

PELO AMOR DE PETE!

SANTA BAGUMBA!

DERROTADO!

E O SUPER-HERÓI FICOU ENORME, INDESCRITIVELMENTE FELIZ CONSIGO MESMO.

SENTIU-SE IMENSAMENTE PODEROSO!

SENTIU-SE COMO SE TIVESSE ESCRITO UM POEMA!

133

CAPÍTULO QUARENTA E UM
Prometo

$\mathcal{E}$stavam no carro. As mãos do pai de Flora estavam no volante, nas dez e nas duas horas. Flora ia sentada na frente e Ulisses estava com a cabeça para fora da janela. Estavam voltando para a casa da mãe de Flora, apesar dos protestos da menina.

– Temos que voltar – disse o pai. – Temos que voltar na hora combinada do sábado à tarde. E temos que agir de modo normal, natural, despreocupado.

Flora quis contestar, mas via as palavras escritas na parede, ou melhor, lia as palavras que pairavam sobre ela, seu pai e o esquilo:

O DESTINO JÁ NÃO PODE SER POSTERGADO!
O ARQUI-INIMIGO PRECISA SER ENFRENTADO!

– Santa bagumba – disse o pai dela. Sua orelha direita estava embrulhada num monte de gaze. Sua cabeça parecia fora de equilíbrio. – Santos acontecimentos imprevistos! Um esquilo derrotou um gato!

Ele balançou a cabeça e sorriu.

– Chegou a hora de outra batalha – disse Flora.

– Vai dar tudo certo – disse o pai.

– É o que você pensa – disse Flora.

Começou a chover.

Ulisses recuou a cabeça para dentro do carro. Levantou os olhos para Flora, e a visão daquela carinha de bigode acalmou um pouco a menina. Ela sorriu para o esquilo, ele suspirou, feliz, e se enrolou no colo dela.

Quando estavam saindo do apartamento 267, a doutora Meescham tinha dito para Flora:

– Quando eu era menina, em Blundermeecen, sempre nos perguntávamos se íamos nos ver de novo. Cada dia era uma incerteza. Então, despedir-se de alguém também era uma incerteza. Será que veríamos aquela pessoa de novo? Quem podia saber? Blundermeecen era um lugar de segredos obscuros, sepulturas anônimas, maldições terríveis. Havia *trolls* por toda parte! Então nos despedíamos uns dos outros da melhor maneira possível. Dizíamos: prometo estar sempre voltada para você. Agora digo a você estas palavras, Flora Belle: prometo estar sempre voltada para você. Diga-as para mim também.

– Prometo estar sempre voltada para você – Flora tinha dito.

Então ela sussurrou as palavras de novo, agora para o esquilo: – Prometo estar sempre voltada para você.

Flora pôs um dedo no peito de Ulisses. Seu coração minúsculo batia uma mensagem que parecia dizer *Prometo, prometo, prometo.*

Corações eram as coisas mais estranhas.

– Papai – disse Flora.

– O quê? – disse o pai.

– Posso sentir seu coração?

– Meu coração? – disse o pai. – Tudo bem. Claro.

Então, pela primeira vez na vida, George Buckman tirou as duas mãos do volante com o carro em movimento. Ele abriu os braços. Delicadamente, Flora tirou Ulisses do colo e o colocou no assento, a seu lado. Então ergueu o braço e colocou a mão no lado esquerdo do peito do pai.

E ela sentiu o coração do pai batendo ali, dentro dele. Parecia muito regular, muito forte e muito grande. Exatamente como a doutora Meescham tinha dito: copioso.

– Obrigada – ela disse.

– Claro – ele disse. – Com certeza.

Ele voltou a colocar as mãos no volante nas dez e nas duas horas, e os três – Flora, seu pai e o esquilo – percorreram o resto do caminho para casa num silêncio estranho e tranquilo.

O único ruído era dos limpadores de para-brisa; eles iam e vinham, iam e vinham, cantando uma canção doce e desafinada.

O esquilo adormeceu.

E Flora Belle Buckman estava feliz.

CAPÍTULO QUARENTA E DOIS
Presságio

O pai de Flora pôs o carro no corredor da entrada e desligou o motor. Os limpadores de para-brisa soltaram um guincho de surpresa e pararam a meio caminho. A chuva virou chuvisco. O sol saiu de trás de uma nuvem e voltou a desaparecer, e o cheiro de *ketchup* misturado com caramelo exalava dos bancos do carro com suave persistência.

– Chegamos – disse o pai.

– É – disse Flora. – Chegamos.

Avenida Bellegrade, 412.

Era a casa em que Flora tinha morado a vida toda.

Mas alguma coisa nela estava diferente; alguma coisa tinha mudado.

O que era?

Ulisses se arrastou para cima do ombro dela. Flora pousou a mão nele.

A casa parecia meio furtiva, quase como se estivesse para acontecer alguma coisa ruim.

Presságio.

Foi a palavra que surgiu na cabeça de Flora.

A casa parecia cheia de presságios.

"Objetos inanimados (sofás, cadeiras, espátulas, etc.) absorvem a energia dos criminosos, dos malfeitores com quem convivem?", era o que perguntava *O elemento criminoso* em um número recente.

"É claro que afirmar isso é totalmente anticientífico. Mesmo assim, somos obrigados a admitir que, neste mundo deplorável, há objetos com uma energia quase palpável de ameaça... espátulas que parecem amaldiçoadas, sofás que contêm manchas metafóricas e literais do passado, casas que parecem gemer e se lamentar eternamente pelos pecados contidos em seu entorno. Podemos explicar isso? Não. Entendemos isso? Não, não entendemos. Sabemos que criminosos existem? Sabemos. Também temos a certeza terrível (infelizmente) de que o elemento criminoso estará Entre Nós Para Sempre."

E o arqui-inimigo, Flora pensou, *o arqui-inimigo estará entre nós para sempre também. O arqui-inimigo de Ulisses está nessa casa agora.*

– Você se lembra do Tenebroso de 10 mil mãos? – Flora disse ao pai.

– Lembro – disse o pai. – Ele ostenta 10 mil mãos de fúria, avidez e vingança. É inimigo jurado de Incandesto.

– Ele é arqui-inimigo de Incandesto – disse Flora.

– Certo – disse o pai. – Vou dizer uma coisa. É melhor esse Tenebroso de 10 mil mãos ficar longe do nosso esquilo.

Ele tocou a buzina.

– Chegou o guerreiro – ele gritou. – Chegou o vencedor de gatos, o esquilo super-herói!

Ulisses estufou o peito.

– Vamos lá! – disse Flora. – É preciso. Temos que enfrentar o arqui-inimigo.

– Certo! – disse seu pai. – Coragem, em frente!

E ele tocou a buzina de novo.

CAPÍTULO QUARENTA E TRÊS
Melado

*E*ntraram na casa e a pastorinha esperava por eles. Estava do mesmo jeito de sempre: o cordeiro a seus pés, a lâmpada minúscula por cima da cabeça dela e uma expressão no rosto que dizia *Eu sei uma coisa que vocês não sabem.*

O pai de Flora tirou o chapéu e inclinou-se para o abajur.

– George Buckman – ele disse. – Muito prazer.

– Oi! – Flora gritou para o silêncio da casa.

Da cozinha veio uma risada.

– Mãe? – Flora disse.

Ninguém respondeu.

A sensação de presságio de Flora se aprofundou, se expandiu.

Então a mãe dela falou.

Ela disse: – Está absolutamente certo, William.

William?

William?

Flora só conhecia um William. O que ele estaria fazendo na cozinha com uma sabidamente arqui-inimiga?

Então veio o já conhecido barulho das batidas nas teclas e na alavanca de retorno do carro da máquina de escrever.

Ulisses se agarrou com mais força ao ombro dela. Ele soltou um leve chiado de ansiedade.

A mãe de Flora riu de novo.

A risada foi seguida pelas palavras realmente aterradoras: – Muito obrigada, William.

– Psss – a menina disse ao pai, que estava ali, ouvindo, com o chapéu na mão e um sorriso tolo no rosto. Havia uma pequena mancha redonda de sangue no curativo da orelha dele. Ele estava estranhamente engraçado.

– Fique aqui – Flora lhe disse. – Ulisses e eu vamos verificar o que está havendo.

– Certo, certo – disse o pai. – Pode deixar. Vou ficar aqui. Ele pôs o chapéu e fez que sim.

Flora, com o super-herói no ombro, em silêncio e furtivamente, atravessou a sala de estar, entrou na de jantar e parou diante da porta fechada da cozinha. Ficou bem quietinha. Transformou-se numa Orelha Gigante.

Estava se saindo muito bem como Orelha Gigante.

Flora ouvia e sentia Ulisses, com o corpo tenso e na expectativa, ouvindo também.

A mãe falou:

– Sim, vai ser assim: "Frederico, sonho com você há éons."

– Não – disse outra voz, alta, aguda e extremamente irritante. "Sonho com você há uma eternidade."

– OOOOH – disse a mãe de Flora. – "Há uma eternidade." Muito bom. É mais poético.

Ulisses se ajeitou no ombro de Flora. Ele fez que sim.

– Sim, claro – disse William Spiver. – Mais poético. "Éons" soa muito geológico. Não há nada de romântico na geologia, garanto.

– Tudo bem, tudo bem – disse a mãe de Flora. – Certo. E então, William?

– Na verdade – disse William Spiver –, se não se importa, prefiro ser chamado de William Spiver.

– Claro – disse a mãe de Flora. – Desculpe. E então, William Spiver?

– Vamos ver – disse William Spiver. – Acho que Frederico diria: "E eu sonho com você, Angélica. Minha querida! Devo dizer que são sonhos tão vivos e bonitos que reluto em acordar para a realidade."

– Ooooh, ótimo. Espere um segundo.

As teclas da máquina de escrever voltaram à vida, batendo. O carro tiniu e voltou.

– Você acha isso bom? – Flora sussurrou para Ulisses. – Acha que é um bom texto?

Ulisses fez que não. Seus bigodes varreram a bochecha dela.

– Também não acho – ela disse.

Na verdade, ela achava horrível. Era um disparate enjoativo e açucarado.

Tinha uma palavra para isso. Qual era?

Meloso. Isso mesmo.

Depois de achar a palavra certa, Flora sentiu uma repentina necessidade de dizê-la em voz alta. E foi isso que ela fez. Abriu a porta da cozinha com um empurrão. Deu um passo à frente.

– Meloso! – ela gritou.

– Flora? – disse a mãe.

– Meloso? – disse William Spiver.

– Sim! – disse Flora.

Ela ficou contente por ter respondido a duas perguntas muito importantes com uma simples palavra.

Sim, ela era Flora.

E, sim, era meloso.

CAPÍTULO QUARENTA E QUATRO
Seu coração traiçoeiro

*W*illiam Spiver estava de óculos escuros. Na boca dele havia um pirulito. Ele estava sorrindo.

Estava igualzinho a um bandido.

Foi isso que o cérebro de Flora pensou.

Mas seu coração, seu coração traiçoeiro, animou-se quando ela o viu. O coração de Flora ficou *feliz* de verdade ao ver William Spiver.

Ela queria conversar com ele sobre um monte de coisas: a Aposta de Pascal, a doutora Meescham, o doutor Meescham, lulas-gigantes, donuts gigantes (e quem os afogava), se ele já tinha ouvido falar num lugar chamado Blundermeecen, se já tinha sentado num sofá de crina de cavalo.

Mas William Spiver estava sentado ao lado da arqui-inimiga de Ulisses. Sorrindo.

É claro que ele não era confiável.

– Flora Belle? – disse William Spiver.

– Sou eu – disse Flora. – Estou surpresa por você não sentir meu cheiro, William Spiver. Você sente o cheiro de tudo.

– Eu nunca disse que era capaz de sentir o cheiro de tudo; no entanto, é verdade que neste instante estou sentindo cheiro de esquilo. E outro cheiro também. Alguma coisa doce, um aroma de refeitório de escola em quinta-feira de chuva. O que é?

Geleia. Sim, geleia de morango. Estou sentindo cheiro de esquilo e geleia de morango.

– Esquilo? – disse a mãe de Flora. Ela tirou os olhos da máquina de escrever. Olhou para Flora. – Esquilo! – ela disse. – Afinal de contas, por que vocês voltaram trazendo esse esquilo? Eu disse ao seu pai...

– Esse crime tem que ser impedido! – Flora gritou.

A mãe, ainda com as mãos pousadas sobre as teclas da máquina de escrever, olhou para Flora, boquiaberta.

William Spiver, por uma vez, ficou em silêncio.

No ombro de Flora, o esquilo tremia.

Lentamente, Flora ergueu o braço esquerdo. Apontou para a mãe e disse:

– O que você disse para meu pai fazer com o esquilo?

A mãe pigarreou.

– Eu disse ao seu pai...

Mas a frase permaneceu incompleta, a verdade impronunciada, porque a porta da cozinha se escancarou de repente e fez surgir o pai de Flora.

– George Buckman – ele disse, para todo o recinto. – Muito prazer.

Ele entrou na cozinha e se pôs ao lado de Flora.

– George, o que aconteceu? – quis saber a mãe de Flora. – Parece que você esteve numa batalha.

– Estou muito bem, estou ótimo. Fui salvo pelo esquilo.

– O quê? – disse a mãe de Flora.

– Fui atacado pelo Senhor Klaus. Ele aterrissou na minha cabeça. E...

– É fascinante – disse William Spiver. – Mas posso interromper por um instante?

– Sem dúvida.

– Quem é o Senhor Klaus?

– Senhor Klaus é um senhorio e também um gato. Geralmente ele ataca calcanhares. Dessa vez foi a cabeça. Minha cabeça. Foi um ataque muito surpreendente. Eu não estava preparado.

– E então? – disse William Spiver.

– Ah, sim. Então. Então o Senhor Klaus mordeu minha cabeça. E doeu muito. E o esquilo me salvou.

– Você. Perdeu. O. Juízo? – disse a mãe de Flora.

– Acho que não – disse o pai de Flora. Ele sorriu, confiante.

– Você não é capaz de cumprir uma tarefa que seja? Pedi para você resolver a situação do esquilo.

Flora sentiu uma onda de raiva tomar conta dela.

– Pare de falar por eufemismo – ela disse. – Pare de chamar isso de "situação do esquilo". Você pediu que ele matasse. Você pediu para ele assassinar meu esquilo!

Ulisses soltou um chiado de confirmação.

Então a cozinha ficou silenciosa como um túmulo.

CAPÍTULO QUARENTA E CINCO
Quatro palavras

É verdade – disse Flora –, você mandou o papai matar o Ulisses.

Depois de acusar a mãe, Flora voltou a atenção para a traição de William Spiver.

– O que está fazendo aqui, William? Por que está na cozinha? E por que com a minha mãe?

– Ele está me ajudando com o novo romance.

William Spiver corou com um vermelho brilhante e sobrenatural.

– Fico encantado por considerar que posso ajudá-la, senhora Buckman – ele disse. Tirou o pirulito da boca e se inclinou na direção da mãe de Flora. – Devo admitir que sempre tive certa facilidade com as palavras. E gosto muito da forma narrativa. No entanto, meu interesse pela área do romance é menor do que pela natureza especulativa das coisas. Ficção científica, por assim dizer. Fatos mesclados à fantasia, meditação que se estende à natureza do universo. *Quarks*, estrelas anãs, buracos vermelhos e coisas do tipo. Vocês sabem, por exemplo, que o universo está se expandindo enquanto conversamos?

Só Ulisses respondeu à pergunta. O esquilo balançou a cabeça com vigor, evidentemente admirado.

William Spiver empurrou os óculos escuros mais para o

alto do nariz. Respirou fundo. – Por falar em expansão, vocês sabiam que atualmente há algo em torno de noventa bilhões de galáxias no universo? Num universo como esse, parece ridículo ou tolice tentar a criação de uma galáxia própria, mesmo assim eu persisto. Continuo persistindo.

– Não respondeu à minha pergunta, William Spiver – disse Flora.

– Deixe-me tentar de novo – ele disse.

– Não – disse Flora. – Você é um traidor. E você – ela rodopiou e apontou para a mãe – é uma arqui-inimiga, uma verdadeira bandida.

A mãe de Flora cruzou os braços. Ela disse:

– Sou alguém que quer o melhor para você. Se isso faz de mim uma bandida, ótimo.

Flora respirou fundo. – Vou me mudar, vou morar com o papai – ela disse.

– O quê? – a mãe falou.

– É mesmo? – o pai falou.

– Seu pai – disse a mãe – não sabe nem cuidar de si mesmo, muito menos de outra pessoa.

– Pelo menos ele não quer ter uma filha que seja um abajur – disse Flora.

– Tenho a impressão de que estou perdendo alguma coisa – disse William Spiver.

– Quero morar com o papai – disse Flora.

– É mesmo? – o pai falou de novo.

– Pois então vá – disse a mãe. – Certamente vai facilitar minha vida.

Vai facilitar minha vida.

Aquelas quatro palavras (tão pequenas, tão simples, tão comuns) se lançaram sobre Flora como pedras enormes. Quando a atingiram, ela se sentiu realmente tombar para o lado. Levantou a mão e se segurou em Ulisses. Usou o esquilo para se equilibrar.

– Não tenho esperança – ela sussurrou. Mas não sabia ao certo do que não tinha esperança.

Só sabia que era uma cínica e seu coração estava doendo. Coração de gente cínica não devia doer.

William Spiver empurrou sua cadeira para trás. Levantou-se. – Senhora Buckman – ele disse –, não gostaria de retirar suas últimas palavras? Parecem desnecessariamente ásperas.

A mãe de Flora não disse nada.

William Spiver continuava de pé. – Tudo bem, então – ele disse. – Vou falar. Mais uma vez, vou tentar ser claro – ele fez uma pausa. – A única razão por eu estar aqui, Flora Belle, é que vim procurar você. Fazia tempo que você tinha ido embora, estava sentindo saudade de você, queria saber se já tinha voltado e vim procurá-la.

Flora fechou os olhos. Não enxergava nada além de escuridão. E no meio da escuridão nadava devagarinho a lula-gigante do doutor Meescham, flutuando triste, agitando seus oito braços enormes e solitários.

Vim procurar você.

O que havia com William Spiver e as palavras que tinha dito para ela? Por que fizeram seu coração se contrair?

– Gordura de foca – Flora disse.

– Como? – disse William Spiver.

Ulisses fez uma pressão suave na mão de Flora.

Depois o esquilo pulou para longe dela.

– Ah, não – disse a mãe de Flora. – Não. Isso não. Não, não...

O esquilo pulou por cima da cabeça de Philis Buckman. Subiu alto, depois mais alto ainda.

– Sim – disse Flora. – Sim.

CAPÍTULO QUARENTA E SEIS
Mais gigante

CAPÍTULO QUARENTA E SETE
Esquilos voadores

*F*lora se perguntou por que tudo tinha ficado em silêncio depois que Ulisses voou.

Tinha sido a mesma coisa no Donut Gigante (pelo menos até todo o mundo começar a gritar). Foi como se descesse uma pequena paz. O mundo se tornou cheio de sonhos, belo, lento.

Flora olhou à sua volta. O sol brilhava na cozinha, iluminando tudo: os bigodes de Ulisses, as teclas da máquina de escrever, o rosto erguido e sorridente de seu pai e o rosto espantado e incrédulo de sua mãe.

Até William Spiver estava iluminado, seu cabelo branco brilhando como uma aura desalinhada.

– O que foi? – disse William Spiver. – O que está acontecendo?

O pai de Flora riu. – Viu só, Philis? Viu? Tudo pode acontecer.

Ulisses flutuava sobre eles. Desceu ao chão, zunindo, e disparou de volta para o teto. Olhou para trás e executou um volteio indolente no ar.

– Pelo amor de Pete – disse a mãe de Flora, com uma voz estranha e abobalhada.

– Alguém me diga alguma coisa – pediu William Spiver.

Ulisses mergulhou de novo. Passou voando pela orelha direita de William Spiver.

– Accck – disse William Spiver. – O que foi isso?

– O esquilo – disse a mãe de Flora, com sua nova voz estranha. – Ele está voando – ela se levantou de repente. – Certo – ela disse. – Tudo bem, preciso subir para tirar um cochilo.

Era esquisito ela dizer aquilo, porque a mãe de Flora não era de cochilar, em nenhuma circunstância. Aliás, ela era anticochilo. Não acreditava em cochilo de jeito nenhum. Sempre dizia que era uma grande e rematada perda de tempo.

– É, um cochilo. É disso que estou precisando.

A mãe de Flora saiu da cozinha e fechou a porta.

Ulisses aterrissou na mesa, ao lado da máquina de escrever.

– Não é *tão* chocante assim – disse William Spiver. – Esquilos voadores existem, sabe. Eles existem. De fato, há algumas teorias que afirmam que todos os esquilos descendem do esquilo voador. Seja como for, os próprios esquilos voadores são um fato documentado.

Ulisses olhou para William Spiver e depois para Flora.

Estendeu uma pata e bateu numa tecla da máquina de escrever.

O *claque* ecoou pela cozinha.

– E esquilos voadores que escrevem à máquina?

– Não tão bem documentados – admitiu William Spiver.

Ulisses bateu em outra tecla. Depois em outra.

– Santa bagumba – disse o pai de Flora. – Ele voa. Ele derrota gatos. E ele datilografa.

– Ele é um super-herói – disse Flora.

– É espantoso – disse seu pai. – É maravilhoso. Mas acho melhor eu ter uma conversinha rápida com sua mãe sobre toda essa, hum, situação.

CAPÍTULO QUARENTA E OITO
Banido

*C*laque... claque... claque.

Flora permanecia em silêncio.

William Spiver permanecia em silêncio.

O esquilo datilografava.

– Flora Belle? – disse William Spiver.

– Hum-hein?

– Queria ter certeza de que você ainda estava aqui.

– Onde mais eu poderia estar?

– Bem, não sei. Você disse que ia se mudar.

– Minha mãe quer que eu me mude.

– Não sei se foi exatamente isso que ela quis dizer – disse William Spiver. – Acho que ela ficou surpresa. E talvez tenha ficado sentida. Certamente ela não se expressou muito bem. É espantoso, de fato, que uma escritora de romances possa ser tão inábil para a linguagem do coração.

Claque... claque... claque.

A expressão de Ulisses era de profunda e suprema satisfação.

– Ela disse que sem mim seria mais fácil – disse Flora.

– É, pois é – disse William Spiver. Ele empurrou os óculos mais para o alto do nariz. Puxou uma cadeira e voltou a sentar à mesa da cozinha. Suspirou fundo.

– Meus lábios estão dormentes – disse Flora.

– Conheço essa sensação – disse William Spiver. – Como já passei por vários episódios traumáticos, estou familiarizado com as manifestações físicas de pesar.

– O que aconteceu com você?

– Fui banido.

Banido.

Era uma palavra que Flora sentia no fundo do estômago, uma palavrinha de pedra fria.

Por que você foi banido?

– Acho que a pergunta mais importante é: Quem me baniu?

– Certo – disse Flora –, quem baniu você?

– Minha mãe – disse William Spiver.

Flora sentiu mais uma pedra lhe cair no fundo do estômago.

– Por quê? – ela disse.

– Aconteceu um incidente infeliz envolvendo o novo marido da minha mãe, um homem que não é meu pai. Um homem que carrega o ridículo nome de Tyrone.

– Onde está seu pai? – perguntou Flora.

– Ele morreu.

– Ah.

Mais uma pedra mergulhou até o fundo do estômago de Flora.

– Meu pai, meu pai de verdade, era um homem muito humano e inteligente – disse William Spiver. – Ele também tinha pés delicados. Pés minúsculos. Eu também tenho pés pequenos.

Flora olhou para os pés de William Spiver. Pareciam extremamente pequenos.

– Não é que seja uma informação particularmente importante. Em todo caso, meu pai era um homem que tocava piano maravilhosamente bem. Tinha profundo conhecimento de astronomia. Ele gostava de observar as estrelas. Chamava-se William.

"Mas ele morreu, e agora minha mãe se casou com um homem chamado Tyrone, que não tem pés delicados e desconhece terminantemente que haja estrelas no céu. Os mistérios do universo não significam nada para ele. Ele vendeu o piano do meu pai. É um homem que se recusa a me chamar de William. Em vez disso, esse homem se refere a mim como Billy.

"Meu nome, como você sabe, não é, nunca foi e nunca será Billy. Eu reclamei de ser chamado assim. Reclamei reiteradamente. E, depois de reclamar reiteradamente e de ser ignorado reiteradamente, uma coisa levou a outra e ocorreram alguns atos irrevogáveis. Então, fui banido."

– Que coisa levou a outra coisa? – disse Flora. – Que atos irrevogáveis ocorreram?

– É complicado – disse William Spiver. – Não quero falar nisso agora. Mas, já que estamos fazendo um ao outro perguntas de natureza emocionalmente carregada, por que você disse que sua mãe queria ter uma filha que fosse um abajur?

– É complicado – disse Flora.

– Tenho certeza de que é. E reforço.

Houve mais um longo silêncio, pontuado pelo martelar das teclas da máquina de escrever.

– O esquilo está trabalhando em mais um poema, suponho – disse William Spiver.

– Acho que sim – concordou Flora.

– Parece que é longo. De natureza épica. Sobre o que, afinal, um esquilo poderia escrever tão longamente?

– Hoje aconteceu muita coisa – disse Flora.

Era fim de tarde. As sombras do olmo e do bordo do quintal entravam pela cozinha e se lançavam através do chão em linhas púrpuras.

Flora sentiria saudade daquelas sombras quando se mudasse. Sentiria saudade das árvores.

Achava que sentiria saudade até de William Spiver.

Então, quase como se lesse seus pensamentos, William Spiver disse: – Eu disse a verdade. Estou aqui porque estava procurando por você. Senti saudade de você.

O coração de Flora, a lula solitária e cheia de braços que ele era, balançou e se agitou dentro dela.

Ela abriu a boca para dizer que não importava, não mesmo, agora não. Mas, como sempre, o que ela pretendia dizer para William Spiver e o que disse foram duas coisas diferentes.

A frase que Flora pretendia dizer era: – Não importa.

A frase que ela disse foi: – Você já ouviu falar num lugar chamado Blundermeecen?

– Desculpe – disse William Spiver. Ele ergueu a mão direita. –
Não quero alarmá-la. Mas não está sentindo cheiro de fumaça?

Flora farejou. Sentiu cheiro de fumaça.

Será que agora ia acontecer um incêndio? Além de todo o
resto?

Pelo amor de Pete.

CAPÍTULO QUARENTA E NOVE
Boa notícia, Flora Belle!

A mãe de Flora e o pai entraram juntos na cozinha. A mãe estava com um cigarro na boca.

Sua mãe estava fumando!

O pai estava com o braço em torno do ombro da mãe.

Aquilo era quase tão alarmante quanto ver a mãe fumando. Seu pai e sua mãe já não se tocavam.

– Boa notícia, Flora Belle! – disse seu pai.

– É mesmo? – disse Flora.

Ela nunca acreditava quando alguém dizia que havia boas notícias. Por sua experiência, quando havia uma boa notícia, as pessoas diziam qual era a boa notícia, depois diziam: – Boa notícia!

E se havia uma notícia ruim de verdade, elas diziam: – Boa notícia, Flora Belle!

– Sua mãe acha que seria maravilhoso ficar com o esquilo aqui – disse seu pai.

– O quê? – disse Flora. – Aqui? Com ela? E onde eu vou ficar?

– Aqui – disse o pai dela. – Com a sua mãe. Você, sua mãe e o esquilo. É isso que sua mãe deseja.

Flora olhou para a mãe. – Mamãe? – ela disse.

– Eu ficaria honrada – disse a mãe de Flora. Deu uma longa tragada no cigarro. Sua mão tremia.

– Por que está fumando? – perguntou Flora. – Pensei que tivesse parado de fumar.

– Parece que não era a hora certa de parar – disse a mãe. Ela piscou. – Estou sob muita pressão neste momento. Por falar nisso, vejo que o esquilo está datilografando. Na minha máquina de escrever. Onde eu escrevo.

– Ele escreve poesia – disse William Spiver –, não escreve ficção.

– Vamos dar uma olhada para ver – disse a mãe de Flora. Ela foi até a máquina de escrever e ficou olhando para Ulisses e para as palavras escritas na página. – Vamos ver que tipo de poesia o esquilo está datilografando.

Sua voz soava estranhamente tranquila, metálica e distante, como se estivesse falando do fundo de um poço escuro. De fato, era como o som de um robô, alguém fingindo que era humano mas que não conseguia imitar direito.

Flora sentiu uma faísca de medo.

– Vou só acender outro cigarro – falou a mãe, com sua voz de robô.

Ela acendeu outro cigarro na ponta do anterior, o que era claramente fumar em série, comportamento perigoso no melhor dos tempos.

E aquele, obviamente, não era o melhor dos tempos.

A mãe inalou profundamente a fumaça. Depois exalou. Ela disse: – Querem que eu leia a poesia do esquilo em voz alta?

CAPÍTULO CINQUENTA
Uma lista incompleta

*N*a verdade, não era poesia.

Ainda não.

Por enquanto, era apenas uma lista de palavras que ele queria transformar em poema.

A primeira palavra da lista era `Geleia`.

Depois de `Geleia` vinha Donut gigante, que por sua vez era seguida por `Sprinkle`.

A lista continuava com as seguintes palavras:

`RITA!`

`Ovos estrelados`

`Pascal`

`Lula-gigante`

`Derrotado`

`Copioso`

`Quark`

`Universo (em expansão)`

`Blundermeecen`

`Banido`

A lista terminava com as palavras de despedida da doutora Meescham:

`Prometo estar sempre voltada`

`para você.`

Ulisses sentia que eram boas palavras, talvez até palavras grandiosas, mas a lista estava muito incompleta. Ele só tinha começado. As palavras precisavam ser organizadas, remexidas, colocadas na ordem de seu coração.

Tudo isso é para dizer que, quando a mãe de Flora leu em voz alta, a lista não pareceu impressionar muito.

— Puxa, excelente poesia – disse George Buckman.

— Na verdade não – disse William Spiver. – Não há por que mentir para ele, mesmo sendo um esquilo. De fato é poesia bem ruim. Mas gosto da última parte, que fala em estar sempre voltado. Tem certa carga emocional.

— Pois eu acho simplesmente excelente – disse a mãe de Flora. – E fico feliz em acolher mais um escritor na família.

Ela deu um tapinha na cabeça de Ulisses. Com muita força, segundo ele. O tapinha chegou perto da violência.

— Vamos ser uma pequena família feliz – disse a mãe de Flora. Ela deu mais uma pancada na cabeça de Ulisses, disfarçada de tapinha.

— Verdade? – perguntou Flora.

— Claro – disse a mãe de Flora.

Bateram na porta de trás. – Iu-hu! – alguém gritou.

Tootie, Ulisses pensou.

— Tootie! – Flora disse.

— Senhora Tickham – disse a mãe de Flora. – Entre. Estávamos justamente lendo umas palavras que o esquilo datilografou. Ha-ha. Estávamos lendo poesia de esquilo.

– William – disse Tootie –, chamei você um monte de vezes.

– Não ouvi.

– Bem, tenho que reconhecer que não chamei muito alto – disse Tootie. – O que foi que Ulisses datilografou?

A mãe de Flora leu de novo a lista de palavras.

Tootie pôs a mão na cabeça e disse: – Ah, essas últimas linhas são lindas, de apertar o coração.

– Essas últimas linhas são a única coisa coerente em tudo isso – disse William Spiver.

– Ulisses me inspirou a escrever uma pequena poesia – disse Tootie.

Ulisses ficou todo inchado. Tinha inspirado Tootie! Virou-se e farejou o próprio rabo.

– Eu gostaria de ler sua poesia, Tootie – disse Flora.

– Bem, poderíamos fazer uma sessão de leitura de poesia, em algum momento. Tenho certeza de que Ulisses gostaria.

O esquilo fez que sim.

Sim, sim, ele gostaria.

Também gostaria de alguma coisa para comer.

Os sanduíches de geleia da doutora Meescham estavam deliciosos, mas aquilo tinha sido fazia muito tempo. Ele adoraria comer e adoraria que Tootie lesse poesia para ele. E adoraria trabalhar no seu poema.

Também adoraria que a mãe de Flora parasse de bater na cabeça dele, coisa que ela estava fazendo de novo.

– William – disse Tootie –, sua mãe telefonou para você.

– Telefonou? – disse William Spiver. Sua voz saiu estridente de esperança. – Verdade? Ela pediu que eu voltasse para casa?

– Infelizmente não – disse Tootie. – Mas é hora de jantar. Vamos para casa comer alguma coisa.

Casa, Ulisses pensou. *É uma boa palavra. E jantar também é uma boa palavra.*

Ele voltou à máquina de escrever.

Ficou procurando a letra *J*.

CAPÍTULO CINQUENTA E UM
Possuído!

*A*s coisas estavam muito estranhas.

A mãe de Flora insistiu para sentarem juntos à mesa de jantar. Os três. Também insistiu para que Ulisses sentasse numa cadeira, o que era ridículo porque, se ele sentasse numa cadeira, não alcançaria a mesa.

– Ele pode sentar aqui, comigo – disse Flora.

– Ah, não, não. Quero que ele se sinta bem recebido. Quero que ele saiba que tem, literalmente, um lugar à nossa mesa.

A mãe puxou a cadeira e Ulisses subiu, depois ela empurrou a cadeira, que ficou com o assento inteiro debaixo da mesa. Era de cortar o coração ver a cara dele, bigoduda e esperançosa, sumir por baixo da toalha de mesa.

Se a mãe não estivesse agindo de maneira tão estranha, Flora teria dito alguma coisa, teria argumentado com mais veemência.

Mas sua mãe *estava* agindo de modo estranho.

Muito, muito estranho.

Não era só por sua voz robótica; ela também estava dizendo coisas que nunca teria dito antes, expressando sentimentos que pareciam em desacordo com a mãe que Flora sempre conhecera.

Por exemplo: querer que um esquilo tivesse uma cadeira à mesa.

Por exemplo: estimular Flora a se servir pela segunda vez de macarrão ao queijo.

Por exemplo: não dizer nada sobre a obesidade potencial de Flora quando ela consumiu a segunda porção de macarrão ao queijo.

Era quase como se sua mãe estivesse possuída.

COISAS TERRÍVEIS PODEM ACONTECER A VOCÊ! tinha um item intitulado "Demônios, possessões e maldições". Pelo visto, ao longo de toda a história, as pessoas que agiam de modo estranho foram acusadas de serem habitadas pelo diabo ou por um demônio. Ou um alienígena do espaço. Segundo *COISAS TERRÍVEIS!* essas pessoas (provavelmente) não estavam possuídas. Sua psique tinha sido levada por acontecimentos extraordinários a um ponto de ruptura e elas tiveram uma espécie de colapso nervoso.

A hipótese de Flora era que um esquilo que datilografava e voava era mais (muito mais) do que a psique de sua mãe podia aguentar. Ela estava tendo algum tipo de ataque nervoso.

Ou isso ou estava possuída.

Claro que o pai de Flora também tinha sido levado ao extremo. Mas toda aquela questão do Ulisses o tinha afetado de um jeito diferente. De certo modo ele tinha se animado, talvez porque a santa bagumba de tudo aquilo tinha trazido a lembrança de Incandesto e Dolores e, também, da possibilidade de acontecerem coisas impossíveis.

– Eu não posso ir morar com você? – Flora perguntou ao pai aquela noite quando estava indo embora.

– É claro que você pode vir morar comigo – disse o pai. – Mas agora sua mãe precisa de você.

– Ela não precisa de mim – disse Flora. – Ela disse que sua vida ficaria mais fácil sem mim.

– Acho que sua mãe se esqueceu de como dizer o que ela quer dizer – falou o pai.

– Além do mais – disse Flora –, ela odeia Ulisses. Não posso morar com alguém que odeia meu esquilo.

– Dê uma chance a ela – pediu o pai.

– Tudo bem – disse Flora.

Aquela noite, quando o pai foi embora, Flora cochichou para ele as palavras de despedida da doutora Meescham. E, mesmo sabendo que ele não teria como ouvi-la, Flora ficou decepcionada ao ver que o pai não se virou para voltar-se para ela.

Mas, de todo modo, lá estava ela, dando uma chance para a mãe, que, até onde Flora poderia dizer, significava ficar vendo Philis Buckman usar a vela da mesa da sala de jantar para acender um cigarro atrás do outro.

Flora previa que a qualquer momento o cabelo da mãe pegaria fogo.

O que fazer quando o cabelo de alguém pegasse fogo? Tinha alguma coisa a ver com tapete. Era preciso bater na cabeça da pessoa com um tapete, era isso. Flora olhou por toda a sala de jantar. Será que elas tinham algum tapete?

Ela bateu os olhos na pastorinha plantada ao pé da escada. Ana Maria olhava para Flora e sua mãe com uma expressão enfastiada e reprovadora. Pela primeira vez, Flora concordava com o abajur: as coisas estavam fora de controle.

A mãe disse: – Bem, é um prazer estar com os membros da minha família, roedores e não roedores. Mas estou com dor de cabeça e acho que vou subir para descansar um pouco a vista.

– Tudo bem – disse Flora. – Vou tirar a mesa.

– Que adorável. Muito atenciosa.

Depois que sua mãe tão estranha subiu a escada, Flora puxou a cadeira de Ulisses para trás. Ele saltou para cima da mesa e examinou o prato cheio de macarrão ao queijo. O esquilo olhou para Flora.

– Vá em frente – ela disse. – É para você.

Ele pegou um só macarrão e o segurou entre as patas, admirando-o.

Ao vê-lo, Flora de repente se lembrou de uma imagem de *As aventuras ilustradas do espantoso Incandesto!* Era uma ilustração de Alfred T. Escorregão numa janela escura. Estava com as mãos atrás das costas e Dolores estava no seu ombro. Alfred olhava pela janela e dizia: "Estou sozinho no mundo, Dolores, e sinto falta de gente como eu."

O esquilo comeu o macarrão e pegou outro. Tinha molho de queijo nos bigodes. Ele parecia feliz.

– Estou com saudade – disse Flora. – Estou com saudade do meu pai.

Ulisses levantou os olhos para ela.

– Estou com saudade de William Spiver.

Há frases que a gente nunca imaginaria que fosse dizer.

Estou até com saudade da minha mãe, Flora pensou, *ou com saudade da pessoa que ela era.*

Lá fora estava escuro.

A mãe dela estava no andar de cima. O pai estava em Blixen Arms. William Spiver estava na casa ao lado.

O universo se expandia.

E Flora Belle Buckman estava sentindo falta de gente como ela.

CAPÍTULO CINQUENTA E DOIS
Existe uma palavra para isso?

*S*entado na janela do quarto de Flora, ele baixava os olhos para Flora, que dormia, e levantava-os para as janelas iluminadas das outras casas. Pensava nas palavras que gostaria de acrescentar ao seu poema. Pensava na música da casa da doutora Meescham, do som das vozes que cantavam. Pensava na expressão do olhar do Senhor Klaus quando saiu deslizando de costas pelo corredor.

Qual era a palavra para isso?

Será que havia uma palavra para todas aquelas coisas juntas? As janelas iluminadas, a música e a expressão aterrorizada e perplexa na cara de um gato ao ser derrotado?

O esquilo ouvia o vento soprar através das folhas das árvores. Fechou os olhos e imaginou um donut gigante coberto de *sprinkles* e recheado de creme. Ou geleia, talvez.

Pensou em voar.

Pensou na expressão do rosto de Flora quando sua mãe disse que a vida seria mais fácil sem ela.

O que um esquilo deve fazer com todos esses pensamentos e sentimentos?

Flora soltou um ronco baixinho.

Ulisses abriu os olhos. Manteve-os abertos até que as luzes das janelas das outras casas se apagaram uma a uma e o mundo ficou escuro, com exceção de um poste de iluminação no fim do quarteirão. A luz do poste tremeluziu e se apagou, depois voltou a brilhar e depois se apagou de novo... escuridão; luz; escuridão; luz.

O que a luz do poste está querendo dizer?, Ulisses cismou.

Ele pensou em William Spiver.

Pensou na palavra *banido* e na palavra *saudade*.

Imaginou datilografar as palavras e vê-las aparecer no papel, letra por letra.

Antes de dormir, Flora lhe disse que achava melhor ele não datilografar nada por algum tempo, pelo menos não na máquina de escrever da mãe.

– Parece que isso a irrita – ela disse. – Acho que o fato de você datilografar seus poemas e voar pela cozinha fez com que ela tivesse um colapso nervoso. Ou algo assim.

Ela disse isso, depois olhou para ele de um jeito triste e fechou a porta do quarto.

– Fechei a porta como lembrete, certo? Nada de máquina de escrever. Nada de datilografar.

MAS O QUE ERA UMA PORTA FE-
CHADA PARA UM SUPER-HERÓI?

SUA
PASTORINHA
IMBECIL.

CHEGOU A HORA DO SUPER-HERÓI!!

OU ALGO ASSIM.

CAPÍTULO CINQUENTA E TRÊS
Um anúncio

*F*lora estava sonhando.

Estava sentada à margem de um rio. William Spiver estava sentado a seu lado. O sol brilhava, e bem longe havia uma placa, um anúncio de neon. Havia uma palavra na placa, mas Flora não conseguia ler.

– O que diz aquele anúncio? – Flora perguntou.

– Que anúncio? – disse William Spiver. – Estou temporariamente cego.

Era tranquilizador que William Spiver agisse num sonho da mesma maneira irritante que na vida real. Flora relaxou. Olhou para o rio. Nunca tinha visto nada tão brilhante.

– Se eu fosse um explorador e descobrisse este rio, lhe daria o nome de Incandesto – disse Flora.

– Imagine o universo como um acordeão – falou William Spiver.

Flora sentiu uma fisgada de irritação. – O que isso significa? – ela disse.

– Não está ouvindo? – perguntou William Spiver. Ele inclinou a cabeça para um lado. Ficou ouvindo.

Flora também ouvia. Era como se bem ao longe um piano de brinquedo estivesse tocando.

– Não é bonito? – disse William Spiver.

– Para mim, não soa muito como um acordeão – disse Flora.

– Ah, Flora Belle – disse William Spiver –, como você é cínica. Claro que é um acordeão.

O anúncio estava mais perto. De algum modo tinha se deslocado. As letras de neon piscavam, acendendo e apagando, acendendo e apagando, formando as palavras BEM-VINDO A BLUNDERMEECEN.

– Uau – disse Flora.

– O que foi? – disse William Spiver.

– Estou conseguindo ler a placa.

– O que diz?

– Bem-vindo a Blundermeecen – disse Flora.

A música de piano ficou mais alta. William Spiver segurou a mão dela. Estavam sentados juntos na margem do rio Incandesto e Flora estava completamente feliz.

Ela pensou: *Não estou com nem um pouco de saudade.*

Ela pensou: *William Spiver está segurando minha mão.*

Então ela pensou: *Queria saber onde está o Ulisses.*

CAPÍTULO CINQUENTA E QUATRO

Querida Flora

*A*cozinha estava escura, iluminada apenas pela luz que havia acima do fogão. O esquilo estava sozinho. Mas tinha a estranha sensação de não estar sozinho. Era quase como se um gato o estivesse vigiando.

Será que o Senhor Klaus tinha seguido seu rastro? Será que estava escondido nas sombras, esperando para exercer sua vingança? Vingança de gato é uma coisa terrível. Os gatos nunca esquecem um insulto. Nunca. E ser lançado num corredor (de costas) por um esquilo era um insulto terrível.

Ulisses ficou bem quietinho. Levantou o nariz e farejou, mas não sentiu cheiro de gato.

Sentiu cheiro de fumaça.

A mãe de Flora saiu das sombras e veio para a luz fraca da cozinha.

– Então – ela disse –, vejo que você se serviu de novo da minha máquina de escrever e pôs suas patinhas de esquilo em cima dela.

Ela deu mais um passo à frente. Pôs o cigarro na boca, estendeu as duas mãos e arrancou o papel da máquina de escrever.

O rolo guinchou protestando.

A mãe de Flora amassou o poema (sem olhar para ele, sem ler uma palavra dele) e jogou o papel no chão.

– Então – ela disse.

Ela soltou um anel de fumaça e o círculo flutuou pela luz baça, um O bonito e misterioso. Vendo a fumaça do cigarro suspensa no ar sobre ele, Ulisses sentiu uma onda de alegria e tristeza, as duas coisas ao mesmo tempo.

Ele adorava o mundo. Adorava tudo o que havia nele: anéis de fumaça, lulas solitárias, donuts gigantes, a cabeça redonda de Flora Belle Buckman e todos os pensamentos maravilhosos que havia dentro dela. Adorava William Spiver e seu universo em expansão. Adorava o senhor George Buckman, seu chapéu e o jeito dele quando dava risada. Adorava a doutora Meescham, seus olhos aguados e seus sanduíches de geleia. Adorava Tootie, que o tinha chamado de poeta. Adorava a pastorinha imbecil. Adorava até o Senhor Klaus.

Adorava o mundo, este mundo. Não queria ir embora.

A mãe de Flora passou o braço na frente dele, pegou uma folha de papel em branco e a colocou na máquina de escrever.

– Quer datilografar? – ela disse.

Ele fez que sim. Queria datilografar. Adorava datilografar.

– Tudo bem, vamos datilografar. Você vai escrever o que eu disser.

Mas escrever o que outra pessoa dizia não tinha nada a ver com datilografar.

– Querida Flora – disse a mãe de Flora.

Ulisses fez que não.

– Querida Flora – a mãe de Flora disse de novo, em voz mais alta e insistente.

Ulisses levantou os olhos para ela. A fumaça saía de suas narinas em dois fiozinhos.

– Vamos – ela mandou.

Bem devagarinho, o esquilo datilografou as palavras.

Querida Flora,

Então, atordoado, com a vontade embotada, ele datilografou todas as palavras terríveis e mentirosas que saíam da boca de Philis Buckman.

O esquilo escreveu um ditado.

CAPÍTULO CINQUENTA E CINCO
Um esquilo de pedra

Quando terminou, a mãe de Flora, por trás do ombro dele, lia, meneava a cabeça e dizia:

– Certo, certo. É isso mesmo. Tem alguns erros de ortografia. Mas, afinal, você é um esquilo. É claro que vai errar algumas coisas.

Ela acendeu outro cigarro, apoiou-se na mesa da cozinha e o examinou. – Acho que está na hora – ela disse. – Espere aqui. Eu já volto.

Ele fez o que ela mandou. Esperou.

Ela saiu da cozinha e ele simplesmente ficou ali, imóvel. Era como se ela o tivesse enfeitiçado; era como se, ao datilografar as mentiras, as palavras falsas, ele tivesse perdido toda a capacidade de agir.

Certa vez, havia muito tempo, na primavera, Ulisses tinha visto num jardim um esquilo feito de pedra: cinzento, olhos vazios, congelado. Em suas patas de pedra, ele segurava uma glande de pedra que nunca comeria. Provavelmente aquele esquilo estava no jardim agora, ainda segurando a glande, ainda esperando.

Sou um esquilo de pedra, Ulisses pensou. *Não consigo me mexer.*

Ele examinou as palavras que tinha datilografado. Eram palavras mentirosas. Muitas delas estavam escritas erradas.

Nelas não havia alegria, não havia amor. E, pior, eram palavras que machucariam Flora.

Ele se virou lentamente. Farejou o rabo. E, ao farejar, lembrou-se das palavras que Flora gritara para ele no Donut Gigante. "Lembre-se de quem você é! Você é Ulisses."

Aquele alerta tão útil fora seguido por uma palavra simples, poderosa: "Aja."

Ele ouviu passos.

O que fazer? Como deveria agir?

Ele tinha que datilografar.

Ele tinha que escrever uma palavra.

Mas que palavra?

CAPÍTULO CINQUENTA E SEIS
Raptado!

*E*la acordou num sobressalto. A casa estava incrivelmente escura, tão escura que Flora se perguntou se teria ficado temporariamente cega.

– Ulisses? – ela chamou.

A menina sentou e olhou na direção da porta. Devagarinho seu contorno retangular apareceu, então ela viu que estava entreaberta.

– Ulisses? – ela chamou de novo.

Saiu da cama, desceu as escadas escuras e passou pela pastorinha.

– Seu abajur imbecil – ela disse.

Caminhou até a cozinha. Estava vazia. A máquina de escrever estava sem ninguém. Ou sem esquilo.

– Ulisses? – Flora disse.

Foi até a máquina de escrever e viu uma folha de papel com seu brilho branco na luz baça.

– Uh-oh – ela disse.

Chegou mais perto. Apertou os olhos.

`Querida Flora, gosto terrivelmente de você. Mas ousso o chamado da vida selvagem. E preciso voltar a meu habitat natural. Obrigado pelo maccarão ao queijo. Seu, senhor Esquilo.`

Senhor Esquilo?

Chamado da vida selvagem?

Gosto terrivelmente?

Era a maior mentira que Flora já tinha lido na vida. Não parecia que Ulisses tivesse escrito tudo aquilo.

Só bem no final a verdade apareceu. Duas letras: *F* e *L*. Era Ulisses, ela sabia, tentando escrever o nome dela pela última vez, tentando dizer que a amava.

– Também amo você – ela sussurrou para o papel.

Então ela olhou ao redor da cozinha. Que espécie de cínica era ela, dizendo que amava um esquilo que nem estava ali?

Mas ela o amava. Ela amava seus bigodes. Amava suas palavras. Amava sua alegria, sua cabecinha, seu coração resoluto, seu hálito de nozes. Ela adorava vê-lo tão lindo quando voava.

Sentiu o coração parar. Por que não lhe tinha dito tudo isso? Devia ter dito aquelas palavras para ele.

Mas agora não importava. O importante era encontrá-lo. Não tinha sido à toa que, durante dois anos inteiros, Flora tinha lido *O elemento criminoso*. Ela sabia o que estava acontecendo. O esquilo tinha sido raptado. Por sua mãe!

Flora respirou fundo. Refletiu sobre o que fazer, sobre as providências que deveria tomar.

"Em caso de verdadeira e genuína emergência, de crime absoluto e inegável, as autoridades devem ser notificadas imediatamente", dizia *O elemento criminoso*.

Flora tinha certeza de que se tratava de uma verdadeira e genuína emergência, de um crime absoluto e inegável.

Mesmo assim, não parecia conveniente notificar as autoridades.

Se telefonasse para a polícia, o que diria?

Minha mãe raptou meu esquilo?

O elemento criminoso: "Se por alguma razão você não tiver acesso às autoridades, procure ajuda em outros lugares. Em quem você confia? Quem você sabe que será um porto seguro no meio da tempestade?"

De repente Flora se lembrou de seu sonho, do calor da mão de William Spiver na sua.

Ela corou.

Em quem confiava?

Quem diria, ela confiava em William Spiver.

CAPÍTULO CINQUENTA E SETE
Tootie é a salvação

$\mathcal{E}$ram 2h20 da madrugada.

A grama estava carregada de orvalho. Flora tateava seu caminho através da escuridão. Ela ofegava, porque estava carregando Ana Maria nos braços, e Ana Maria, apesar das bochechas rosadas, dos traços delicados e da vaporosidade tola e excessiva, era incrivelmente pesada.

Que corpulência, Flora pensava.

O elemento criminoso: "É possível conversar razoavelmente com um criminoso? Isso é discutível. Mas é verdade que as regras de uma escola maternal muitas vezes funcionam no mundo do crime. O que queremos dizer com isso? Queremos dizer que, se o criminoso tem alguma coisa que você quer, você precisa ter alguma coisa que ele queira. Só assim é possível começar algum tipo de 'diálogo'."

Não havia nada nem ninguém de que a mãe de Flora gostasse mais do que daquele abajur. Juntos, Flora e William Spiver encontrariam a mãe dela. Ofereceriam trocar a pastorinha pelo esquilo. E tudo ficaria bem. Ou coisa parecida.

Esse era o plano de Flora.

Mas primeiro ela tinha que encontrar William Spiver, e ela não achava conveniente tocar a campainha na casa de Tootie às 2h20 da madrugada.

– William Spiver? – Flora chamou.

Lá estava ela, no meio da escuridão, segurando um abajur apagado e achando que um menino temporariamente cego a ouviria chamar seu nome e viria ajudá-la a resgatar seu esquilo (um esquilo que, para ser um super-herói, certamente parecia precisar de muito resgate).

A situação era bem séria.

– William Spiver? – ela chamou de novo. – William Spiver.

Então, sem de fato ter essa intenção, ela começou a repetir o nome de William Spiver sem parar, cada vez mais alto.

– WilliamSpiverWilliamSpiverWilliamSpiverWilliamSpiver WILLIAMSPIVERWILLIAMSPIVER.

O menino não teria como ouvi-la, é claro. Ela sabia disso. Mas não conseguia parar. Simplesmente continuava dizendo o nome dele, como uma boba, uma idiota, esperançosa.

– Flora Belle?

– WilliamSpiverWilliamSpiverWilliamSpiver.

– Flora Belle?

– WilliamSpiverWilliamSpiverWilliamSpiver.

– FLORA BELLE!

E lá estava ele, numa janela escura, aparentemente invocado pela necessidade e pelo desespero dela. E por suas palavras.

William Spiver.

Ou pelo menos a sombra de William Spiver.

– Ah – disse Flora. – Oi.

– Sim, oi para você também – disse William Spiver. – Muita amabilidade sua você vir me visitar no meio da noite.

– Houve uma emergência – disse Flora.

– Certo – disse William Spiver. – Só vou vestir meu roupão.

Flora sentiu uma já conhecida fisgada de irritação. – É uma emergência, William Spiver. Não há tempo a perder. Esqueça seu roupão.

– Só vou vestir meu roupão – disse William Spiver, como se ela não tivesse falado nada – e já vou aí. Seja lá onde for *aí*. É terrivelmente difícil localizar até as coisas mais óbvias quando se está temporariamente cego. O mundo é muito difícil de navegar para quem não enxerga.

"Embora, para ser bem franco, eu já tivesse dificuldade de navegar o mundo mesmo antes do surgimento da minha cegueira. Nunca fui o que se chamaria coordenado ou espacialmente inteligente. Não é nem que eu trombe com as coisas. As coisas é que saltam do nada e trombam comigo. Minha mãe diz que isso acontece porque eu vivo na minha cabeça em vez de viver no mundo. Mas eu pergunto: Nós todos não vivemos na nossa cabeça? Onde mais seria possível existir? Nossos cérebros *são* o universo. Você não acha? Não é verdade, Flora Belle?"

– Eu disse que é uma emergência!

– Tudo bem, vou só vestir o roupão e já resolvemos isso.

Flora colocou Ana Maria no chão. Perscrutou ansiosa a escuridão à sua volta. O que estava procurando? Ela não sabia.

Talvez um pauzinho que pudesse usar para bater na cabeça de William Spiver.

– Flora Belle?

– Ulisses sumiu! – ela gritou. – Minha mãe o raptou. Acho que minha mãe está possuída. Acho que ela é capaz de machucá-lo.

Não chore, ela disse a si mesma. *Não chore. Não tenha esperança. Não chore. Apenas observe.*

– Psss – disse William Spiver. – Tudo bem, Flora Belle. Vou ajudá-la. Vamos encontrá-lo.

Então a luz do quarto de William Spiver se acendeu e Tootie falou: – O que você está fazendo, William?

– Estou procurando meu roupão.

TOOTIE É A SALVAÇÃO!

As palavras apareceram sobre a cabeça de Tootie com um brilho como o de neon.

– Tootie – Flora gritou –, é uma emergência! Minha mãe raptou o esquilo.

– Flora? – disse Tootie. Ela pôs a cabeça para fora da janela. – Por que está com esse abajur horrível?

– É complicado – disse Flora.

– De novo com o abajur? – disse William Spiver. – Afinal, o que significa esse abajur?

– Minha mãe adora o abajur – disse Flora. – Eu o fiz refém.

– Momentos extremos requerem medidas extremas – disse Tootie.

– Isso mesmo – disse Flora. – É uma emergência.

– Vou só pegar minha bolsa – disse Tootie.

CAPÍTULO CINQUENTA E OITO
Nada pessoal

*E*stava escuro. Muito, muito escuro.

E cheirava a fumaça.

A mãe de Flora o levava num saco e o saco estava jogado sobre seus ombros, ela estava caminhando para algum lugar e estava muito, muito escuro. No último instante, a mãe de Flora pegara a folha de papel com o poema e a jogara dentro do saco junto com ele.

O que significava aquela benevolência?

Será que ela estava zombando dele?

Ou estava simplesmente eliminando as pistas?

O esquilo não sabia, mas segurou a bola de papel amassado junto do peito e tentou se consolar. Ele pensava: *Coisas piores já me aconteceram.*

Tentou lembrar que coisas eram.

Houve a vez em que o caminhão passou por cima do rabo dele. Tinha doído muito. Também houve o incidente da catapulta. E do ursinho de pelúcia. E da mangueira de jardim. Do estilingue. O arco e a flecha (de borracha).

Mas tudo o que havia acontecido antes perdia a importância em comparação com aquele momento, pois agora havia muito mais a perder: Flora e sua cabeça redonda e adorável. Salgadinhos de queijo. Poesia. Donuts gigantes.

Caramba! Ele ia deixar o mundo sem nunca ter provado um donut gigante.

E Tootie! Tootie tinha dito que ia ler poesias em voz alta para ele. Agora aquilo nunca aconteceria.

Estava muito escuro dentro do saco.

Estava muito escuro em todo lugar.

Vou morrer, o esquilo pensou. Aconchegou mais o seu poema, e o papel estalou e suspirou.

– Não é nada pessoal, senhor Esquilo – disse a mãe de Flora.

Ulisses se manteve muito quietinho. Achou aquele sentimento difícil de acreditar.

– Na verdade não tem nada a ver com você – disse a mãe de Flora. – Tem a ver com Flora. Flora Belle. Ela é uma criança estranha. E o mundo não é benevolente com pessoas estranhas. Ela era estranha antes, está mais estranha agora. Agora anda por aí com um esquilo no ombro. Falando com um esquilo. Falando com um esquilo que datilografa e voa. Isso não é bom. Não é nada bom.

Flora era estranha?

Ele imaginava que sim.

Mas o que havia de errado nisso?

Ela era estranha de um jeito bom. Era estranha de um jeito adorável. Seu coração era grande. Era copioso. Como o coração de George Buckman.

– Sabe o que eu quero? – disse a mãe de Flora.

Ulisses não conseguia imaginar.

– Quero que as coisas sejam normais. Quero uma filha que seja feliz. Quero que ela tenha amigos que não sejam esquilos. Não quero que ela acabe sem ser amada e sozinha no mundo. Mas isso não importa, não é?

Importa, sim, pensou Ulisses.

– Chegou a hora de fazer o que é preciso – disse a mãe de Flora.

Ela parou de caminhar.

Uh-oh, pensou Ulisses.

CAPÍTULO CINQUENTA E NOVE
Destino desconhecido

*T*ootie estava dirigindo.

Se é que se podia chamar assim.

Suas mãos não estavam nas dez horas e nas duas horas. Não estava com as mãos em hora nenhuma. Basicamente, Tootie dirigia com um dedo no volante. O pai de Flora ficaria horrorizado.

Os quatro estavam no banco da frente: Tootie, Ana Maria, Flora e William Spiver. Desciam a estrada a toda velocidade. Era aterrador e divertido andar tão depressa.

– Então seu plano é fazer uma troca? – disse William Spiver. – O abajur pelo esquilo?

– Sim – disse Flora.

– Mas (por favor, me corrija se eu estiver errado) não temos ideia de onde estão o esquilo e sua mãe.

Flora detestava a frase "me corrija se eu estiver errado". Em sua experiência, as pessoas só diziam isso quando sabiam que estavam certas.

– Ulisses! – Tootie gritava pela janela aberta. – Ulisses!

Flora via o nome do esquilo – *ULISSES* – sair voando do carro para o meio da noite, uma palavra única e bonita que era imediatamente engolida pelo vento e pela escuridão. Seu coração se apertou. Por que, por que, por que ela não tinha dito ao esquilo que o amava?

– Detesto ser a voz da razão – disse William Spiver.

– Então não seja – disse Flora.

– Mas aqui estamos, descendo a estrada a toda. E estamos correndo, não é, tia-avó Tootie? Com certeza ultrapassamos o limite de velocidade, não?

– Não estou vendo nenhuma placa indicando o limite de velocidade – disse Tootie. E ela voltou a chamar o nome de Ulisses.

– Em todo caso – disse William Spiver –, parece que estamos a uma velocidade extremamente alta. E estamos correndo para onde, exatamente? Não sabemos. Estamos a caminho de um destino desconhecido, o tempo todo chamando o nome de um esquilo sumido. Não parece nem um pouco racional.

– Bem, qual é sua ideia? – disse Flora. – Qual é seu plano?

– Devemos tentar pensar para onde sua mãe poderia levá-lo. Devemos ser lógicos, metódicos, científicos.

– Ulisses! – gritou Tootie.

– Ulisses! – berrou Flora.

– Dizer o nome dele não vai fazer com que apareça – disse William Spiver.

Mas dizer o nome de William Spiver um monte de vezes fez com que *ele* aparecesse. Flora sabia por *COISAS TERRÍVEIS PODEM ACONTECER A VOCÊ!* que isso se chamava pensamento mágico ou causação mental. Segundo *COISAS TERRÍVEIS!*, era um jeito perigoso de pensar. Era perigoso ser levado a acreditar que o que você dissesse poderia influenciar diretamente o universo.

Mas às vezes isso acontecia, não é?

Não tenha esperança, Flora pensou.

Mas ela não conseguia evitar. Tinha esperança. Estava esperançosa. Teve esperança o tempo todo.

– Ulisses – ela gritou.

O carro desacelerou.

– O que foi agora? – disse William Spiver. – Vimos alguma coisa relacionada a esquilo?

Tootie usou um dedo só para esterçar o carro para a beira da estrada.

– Acho que adivinhei – disse William Spiver, quando estacionaram. – Acabou a gasolina.

– Acabou a gasolina – disse Tootie.

– Ah, é simbólico – disse William Spiver.

Flora se perguntou por que chegara a imaginar que William Spiver poderia ajudá-la. Por que imaginara que ele era seu porto seguro em meio à tempestade? Será que era porque ele tinha segurado a mão dela num sonho bobo? Ou porque ele nunca parava de falar e ela não desistia da ideia de que em algum momento ele poderia dizer alguma coisa útil, que tivesse sentido?

Coisas de pensamento mágico.

– Onde estamos? – Flora perguntou para Tootie.

– Não tenho muita certeza – Tootie disse.

– Ótimo – falou William Spiver. – Estamos perdidos. Não que soubéssemos, de início, aonde iríamos.

– Vamos ter que andar – disse Tootie.

– É óbvio – disse William Spiver –, mas andar para onde?

CAPÍTULO SESSENTA
Era Ulisses!

*E*stavam na floresta.

Ele sabia pelo cheiro de resina de pinheiro nas árvores e pelo barulho das folhas de pinheiro estalando sob os pés. E também sentia o cheiro forte e extremamente penetrante de guaxinim. Os guaxinins eram os donos da noite e eram criaturas realmente assustadoras, mais brutais ainda do que os gatos.

– Aqui está bom – disse a mãe de Flora. Ela parou. Colocou o saco no chão. Abriu-o e iluminou Ulisses com uma luz forte. Ele apertou seu poema contra o peito. Encarou a luz com a maior coragem de que foi capaz.

– Dê-me isso – disse a mãe de Flora.

Ela arrancou o papel das patas dele. Jogou-o no chão. Será que ela nunca desistiria de jogar fora as palavras dele?

– É o fim do caminho, senhor Esquilo – ela disse. Pôs a lanterna no chão. Pegou uma pá, *a* pá.

Ele ouviu a voz de Flora dizendo: *Lembre-se de quem você é.*

O esquilo se virou e farejou o rabo.

Lembrou-se de quando Flora tinha mostrado a figura de Alfred T. Escorregão com seu uniforme de zelador, e de como Alfred tinha se transformado em Incandesto. As palavras do poema que Tootie tinha declamado surgiram dentro dele.

CAPÍTULO SESSENTA E UM
Quero ir para casa

É possível navegar orientando-se pela Estrela Polar, que indica o norte. Supostamente.

O musgo cresce do lado norte das árvores. Ou é o que dizem. Se você está perdido num bosque, deve ficar onde está, e alguém o encontrará. Talvez.

Isso era o que Flora tinha aprendido sobre estar perdido, lendo **COISAS TERRÍVEIS PODEM ACONTECER A VOCÊ!** Não que alguma dessas coisas fosse particularmente importante nesse caso. Eles não estavam perdidos no bosque. Estavam perdidos no universo. Que, segundo William Spiver, estava em expansão. Muito consolador.

– Ulisses! – Tootie gritou.

– Ulisses! – Flora gritou.

– É inútil – disse William Spiver.

Flora carregava Ana Maria, e William Spiver estava segurando no ombro de Tootie. Flora detestava concordar com William Spiver, mas *inútil* parecia uma palavra cada vez mais adequada. Estava com dor nos braços de carregar a pastorinha. Estava com dor nos pés. Estava com dor no coração.

– Vamos ver – disse Tootie, espiando através da escuridão. – Ali é a estrada Bricknell. Portanto, não estamos completamente perdidos.

– Eu gostaria de poder enxergar – disse William Spiver, com voz triste.

– Você *pode* enxergar – falou Tootie.

– Tia-avó Tootie – disse William Spiver. – Eu reluto, como sempre, em apontar o óbvio, mas vou fazê-lo aqui e agora por uma questão de clareza. Você não é eu. Você não existe por trás das minhas pupilas traumatizadas. Estou dizendo a verdade, a minha verdade. Eu não posso enxergar.

– Não há nada de errado com você, William – disse Tootie. – Quantas vezes vou ter que lhe dizer isso?

– Por que então ela me mandou embora? – disse William Spiver. Sua voz tremeu.

– Você sabe por que ela o mandou embora.

– Eu sei?

– Não se pode simplesmente empurrar o caminhão de alguém para dentro de um lago – disse Tootie.

– Era uma lagoa – disse William Spiver –, uma lagoa muito pequena. Quase um bueiro, na verdade.

– Não se pode mergulhar totalmente o veículo de alguém numa porção de água – disse Tootie, em voz muito alta – e achar que não haverá sérias consequências.

– Fiz isso num acesso de raiva – disse William Spiver. – Admiti quase imediatamente que foi uma decisão muito infeliz.

Tootie fez que não com a cabeça.

– Você empurrou um caminhão para dentro de um lago? – disse Flora. – Como foi que fez isso?

– Soltei o freio de mão, dei um empurrão no caminhão e...

– Chega – disse Tootie. – Não precisamos de uma aula sobre como-empurrar-um-caminhão-para-dentro-de-um-lago.

– Um bueiro – falou William Spiver. – Na verdade, um bueiro.

– Uau – disse Flora. – Por que você fez isso?

– Estava me vingando do Tyrone – disse William. – Meu nome é William. William. William Spiver. Não é Billy. Billy para mim foi demais. Explodi. Empurrei o caminhão do Tyrone para o bueiro, e, quando minha mãe descobriu, ficou incandescente de raiva. Olhei para a raiva dela e aí vocês sabem o que aconteceu. Fiquei cego de descrença e tristeza – ele fez que não com a cabeça. – Sou filho dela. Mas ela me mandou embora. Ela me expulsou.

Apesar da escuridão, Flora via as lágrimas escorrerem por debaixo dos óculos escuros de William Spiver.

– Quero ser chamado de William Spiver – ele disse. – Quero ir para casa.

Flora sentiu o coração balançar dentro dela.

Quero ir para casa.

Era mais uma das frases tristes e bonitas de William Spiver.

Mas vocês vão voltar?

Vim procurar você.

Quero ir para casa.

Flora se deu conta de que ela também queria ir para casa. Queria que as coisas fossem como eram antes de ela ser banida.

Pôs Ana Maria no chão.

– Me dê sua mão – ela disse.

– O quê? – disse William Spiver.

– Me dê sua mão – Flora disse de novo.

– Minha mão? Por quê?

Flora estendeu o braço, pegou a mão de William Spiver e ele se agarrou a ela. Era como se ele estivesse se afogando e ela estivesse em terra firme. Segundo **COISAS TERRÍVEIS!**, as pessoas que se afogam ficam desesperadas, perdem a cabeça de tanto medo. Em pânico, elas podem puxar para baixo quem as queira salvar, por isso é preciso ter cuidado.

Flora se agarrou firme a William Spiver.

E ele também se agarrou firme a ela.

Era como em seu sonho. Ela segurava a mão de William Spiver e ele segurava a mão dela.

– Bem, se vocês dois vão ficar andando de mãos dadas – disse Tootie –, acho que vou ter que carregar esse abajur monstruoso – e ela pegou Ana Maria.

Lá no alto, as estrelas reluziam, mais brilhantes do que Flora jamais tinha visto.

– Queria que meu pai estivesse aqui – disse William Spiver. Ele enxugava as lágrimas do rosto com a mão que estava livre.

Na cabeça de Flora surgiu uma imagem de seu pai, de mãos no bolso, chapéu na cabeça, sorrindo e falando "Santa bagumba!" Com a voz de Dolores.

O pai dela.

Ela o amava. Queria ver o rosto dele.

– Sei aonde devemos ir – disse Flora.

CAPÍTULO SESSENTA E DOIS

No alto do Donut Gigante

FLORA?

AQUI ESTOU EU, SENTADO NO ALTO DO DONUT GIGANTE. QUERIA QUE FLORA ESTIVESSE AQUI COMIGO.

FLORA?

CAPÍTULO SESSENTA E TRÊS
Peixinhos

*—U*m esquilo entrou voando – disse a doutora Meescham.
– Eu não esperava por isso de jeito nenhum. É disso que eu gosto na vida, acontecem coisas pelas quais eu não espero. Quando eu era menina, em Blundermeecen, deixávamos a janela aberta por isso mesmo, até no inverno. Acreditávamos que alguma coisa maravilhosa poderia vir ao nosso encontro pela janela aberta. Coisas maravilhosas nos encontravam? Às vezes sim, às vezes não. Mas esta noite aconteceu. Uma coisa maravilhosa! – e a doutora Meescham bateu palmas. – Uma janela ficou aberta. Um esquilo entrou voando pela janela. O coração de uma velha senhora está exultante!

O coração de Ulisses estava exultante também. Ele já não estava perdido. A doutora Meescham o ajudaria a encontrar Flora.

A doutora Meescham também faria um sanduíche de geleia para ele.

– Imagine – disse a doutora Meescham. – Imagine se eu estivesse dormindo, o que eu teria perdido. Acontece que sou insone, sempre fui. Você sabe o que é isso? Insônia?

Ulisses fez que não.

– Quer dizer que não consigo dormir. Quando menina, em Blundermeecen, eu não dormia. Sabe-se lá por quê. Talvez fosse algum terror existencial, relacionado aos *trolls*. Ou simplesmente porque eu não durmo. Às vezes não há razões. Muitas vezes, quase sempre, não há razões. O mundo não pode ser explicado. Mas eu falo demais. Eu me disperso. Preciso falar com você: Por que você está aqui? E onde está sua Flora Belle? Ulisses olhou para a doutora Meescham.

Ele arregalou muito os olhos.

Se pelo menos houvesse um jeito de contar tudo o que tinha acontecido: a mãe de Flora que tinha dito que a vida seria mais fácil sem ela, o universo em expansão, William Spiver que tinha sido banido, a saudade de Flora, o poema que ele tinha escrito, as palavras mentirosas que ele tinha datilografado, o esquilo de pedra, o saco, o bosque, a pá...

O esquilo estava oprimido por tudo o que tinha a dizer e sua incapacidade de dizer.

Baixou os olhos para suas patas dianteiras.

Levantou os olhos para a doutora Meescham.

– Ah – ela disse –, há muita coisa para dizer. Você não sabe por onde começar.

Ulisses fez que sim.

– Que tal começar por um petisquinho?

Ulisses fez que sim de novo.

– Quando o doutor Meescham era vivo e eu não conseguia dormir, sabe o que ele fazia para mim? Aquele homem calçava os chinelos, ia para a cozinha e preparava sardinha com torradas para mim. Você conhece sardinha?

Ulisses fez que não.

– São peixinhos em lata. Ele punha esses peixinhos sobre torradas e, então, vinha pelo corredor trazendo as sardinhas e sussurrando, voltando para mim – a doutora Meescham suspirou. – Tanta ternura. Alguém sair da cama e trazer peixinhos, sentar-se ao seu lado enquanto você come na escuridão da noite. Sussurrar para você. Isso é amor.

A doutora Meescham enxugou os olhos. Sorriu para Ulisses.

– Então – ela disse –, vou fazer para você o que meu amado fazia para mim: sardinhas com torradas. Não acha que pode ser gostoso?

Ulisses fez que sim. Parecia muito gostoso.

– Vamos comer, porque comer é importante. Depois, embora seja noite alta, vamos bater na porta do senhor George Buckman. Ele vai abrir para nós porque tem o coração copioso. Então George Buckman e eu vamos imaginar juntos por que você está aqui e onde está a nossa Flora Belle.

Ulisses fez que sim.

A doutora Meescham foi para a cozinha, e o esquilo sentou no peitoril da janela e ficou olhando para o mundo escuro.

Flora estava ali, em algum lugar.

Ele a encontraria. Ela o encontraria. Eles encontrariam um ao outro. E então ele escreveria outro poema para ela. Seria um poema sobre peixinhos e sussurros na escuridão da noite.

CAPÍTULO SESSENTA E QUATRO

Um milagre

*F*lora estava à margem da rodovia. Descobriu que havia todo tipo de coisas ridículas espalhadas à beira de uma estrada. Sapatos, por exemplo. E meias rasgadas. E calças de poliéster, daquelas azuis, com vinco permanente. Será que as pessoas se despiam enquanto dirigiam pela estrada?

Havia objetos de metal: calotas, tesouras enferrujadas, uma vela de ignição. E coisas de fato inexplicáveis. Por exemplo: uma banana de plástico, com um brilho amarelo intenso. Essa era interessante. Flora se abaixou para examiná-la mais de perto.

– O que está fazendo? – perguntou William Spiver. Ele também parou, porque estava agarrado a ela e ela estava agarrada a ele. Isso significa que William Spiver e Flora Belle ainda estavam, inacreditavelmente, de mãos dadas.

– Estou observando uma banana – disse Flora.

Tootie caminhava à frente deles, segurando a pastorinha e gritando o nome de Ulisses.

A mão de William Spiver transpirava. Ou talvez fosse a mão de Flora que estivesse transpirando. Era difícil dizer. William Spiver ainda estava chorando (em silêncio), Ulisses ainda estava desaparecido e lá estavam eles caminhando ao longo de uma rodovia, atrás de um abajur apagado, parando de vez em quando para ver meias estragadas e bananas de plástico.

Aquilo tudo decerto significava alguma coisa.

Mas o quê?

Mentalmente Flora percorria todos os itens de *As aventuras ilustradas do espantoso Incandesto!*, todos os itens de *COISAS TERRÍVEIS PODEM ACONTECER A VOCÊ!*, todos os itens de *O elemento criminoso está entre nós* que ela já tinha lido. Procurava algum conselho, informação, a menor dica que fosse sobre o que fazer naquela situação.

Acabava sempre de mãos vazias. Estava na estaca zero.

Ela riu.

– Do que está rindo? – disse William Spiver.

Flora riu mais alto. William Spiver riu com ela.

– Qual é a graça, aí atrás? – disse Tootie.

Então todos se puseram a rir. Menos Ana Maria, que não podia rir porque era inanimada. Mas, mesmo que fosse capaz, provavelmente ela não daria risada. Não era esse tipo de abajur.

Ainda estavam todos rindo quando William Spiver, o temporariamente cego, pisou no fio da pastorinha e tropeçou.

E, como se recusou a soltar a mão de Flora (ou foi ela que se recusou a soltar a dele?), Flora também caiu. E ela aterrissou em cima de William Spiver.

Ouviu-se um barulho de vidro quebrado.

– Ah, não – disse William Spiver –, meus óculos.

– Pelo amor do céu, William – disse Tootie. – Você nem precisa desses óculos.

Flora estava tão perto de William Spiver que sentiu o coração do menino bater violentamente em algum lugar dentro dele. Ela pensou: *Na verdade, senti muitos corações ultimamente.*

– Espere um instante – disse William Spiver. Ele levantou a cabeça. – Todo o mundo em silêncio. Psss. O que são esses pontinhos de luz?

Flora olhou para onde William Spiver olhava. – São estrelas, William Spiver.

– Estou vendo as estrelas! Estou enxergando! Tia-avó Tootie! Flora Belle, estou enxergando!

– É um milagre – disse Tootie.

– Ou coisa parecida – disse Flora.

CAPÍTULO SESSENTA E CINCO
Abra a porta

O corredor do Blixen Arms emitia a mesma luz verde e sombria a qualquer hora do dia ou da noite.

– Cuidado com o gato – disse Flora.

– O infame Senhor Klaus – disse William Spiver. Ele olhou à sua volta. Estava sorrindo. – O gato que foi derrotado por um esquilo super-herói. Certamente vou ficar de olho nele. Detesto parecer um disco quebrado, mas posso dizer de novo como é delicioso *enxergar*? É como nascer de novo. Nunca mais vou deixar de notar nada.

– Ótimo – disse Tootie.

– Não estou brincando – disse Flora. – O Senhor Klaus pode estar em qualquer lugar.

– Sim – disse William Spiver. – Estou de olhos abertos. Abertos mesmo.

– Bata de novo – disse Tootie.

Flora bateu de novo.

Onde estaria seu pai no meio da noite? Será que alguém o havia raptado também? George Buckman raptado?

Então ela ouviu a risada do pai.

Mas a risada não vinha do apartamento dele. Vinha do apartamento 267.

– Doutora Meescham! – disse Flora.

– Quem? – disse William Spiver.

– Doutora Meescham. Bata naquela porta, depressa – Flora disse para William Spiver. Ela apontou, e William Spiver levantou a mão para bater bem na hora em que a porta do apartamento da doutora Meescham se escancarou.

– Flora Belle – disse a doutora Meescham. – Minha Florzinha, nossa querida.

Ela abriu um sorriso enorme. Seus dentes brilhavam. Ulisses estava sentado no ombro dela.

Atrás de Ulisses e da doutora Meescham estava o pai de Flora. Ele estava de pijama. E de chapéu na cabeça.

– George Buckman – disse o pai dela, levantando o chapéu, lentamente, para todos eles. – Muito prazer.

– Ulisses? – disse Flora.

Ela falou o nome do esquilo como se fosse uma pergunta.

E ele respondeu.

Voou para ela; seu corpinho quente e esperançoso bateu nela com um tranco que quase a fez levar um tombo. Flora o envolveu com os braços, as mãos, com ela toda.

– Ulisses – ela disse. – Meu amor.

– Quanta alegria! – disse a doutora Meescham. – Era assim, quando eu era menina, em Blundermeecen. Desse jeito. Sempre abrindo a porta no meio da noite e encontrando o rosto de alguém que queríamos ver. Bem, nem sempre. Às vezes era o rosto de alguém que não queríamos ver.

"Mas em Blundermeecen sempre, sempre abríamos a porta,

porque não podíamos deixar de ter esperança de que do outro lado haveria o rosto de alguém que amávamos.

A doutora Meescham olhou para William Spiver e para Tootie. Ela sorriu. – E talvez, também, o rosto de alguém que ainda não conhecíamos mas que poderíamos passar a amar.

– Tootie Tickham – disse Tootie. – É um prazer conhecê-la. E este é meu sobrinho, William. Gostaria de apertar sua mão, mas, como vê, estou carregando este abajur.

– Na verdade – disse William Spiver –, sou o sobrinho-neto dela. E sei que nos conhecemos pouco para que eu já revele uma informação tão espantosa e profundamente pessoal, mas devo dizer que eu estive temporariamente cego e agora já consigo enxergar! Também me sinto obrigado a dizer que acho seu rosto muito bonito. De fato, para mim todos os rostos são bonitos – e ele se virou. – Seu rosto, Flora Belle, é especialmente bonito. Nem a penumbra sepulcral deste corredor consegue turvar sua beleza.

– Penumbra sepulcral? – disse Flora.

– É porque ela é uma flor – disse o pai de Flora –, minha querida Flor.

Flora sentiu-se corar.

– É um rosto lindo, o rosto de Flora Belle Buckman – disse a doutora Meescham. – É realmente bonito. Mas chega de ficarem aí fora, vocês todos. Agora entrem, venham.

CAPÍTULO SESSENTA E SEIS
Quer fazer o grande favor de calar a boca, William Spiver?

—*P*ois é – disse a doutora Meescham –, conversamos com Ulisses. Tentamos entender a história dele. Do que conseguimos concluir até agora, a história envolve uma pá e um saco. E o bosque. E um poema.

– E um donut gigante – disse o pai de Flora.

Ulisses, sentado no ombro de Flora, meneou a cabeça vigorosamente. Dos seus bigodes emanava um cheiro característico de peixe.

Flora virou-se para ele. – Onde está a mamãe?

Ulisses balançou a cabeça.

– Papai – disse Flora –, onde está a mamãe?

– Não sei ao certo – respondeu o pai. Ele arrumou o chapéu. Tentou pôr as mãos nos bolsos, depois lembrou que estava de pijama e que não tinha bolsos. Ele riu. – Santa bagumba – disse baixinho.

– Precisamos de uma máquina de escrever – disse Flora.

– A verdade – disse William Spiver – é uma coisa escorregadia. Duvido que jamais vocês cheguem À Verdade. Podem chegar a uma versão da verdade. Mas A Verdade? Duvido seriamente.

– Quer fazer o grande favor de calar a boca, William Spiver? – disse Flora.

– Psss – disse a doutora Meescham. – Calma, calma. Talvez seja melhor vocês sentarem e comerem uma sardinha.

– Eu não quero sardinha – disse Flora. – Quero saber o que aconteceu. Quero saber onde está minha mãe.

Assim que ela pronunciou essas palavras, ouviu-se uma pancada, seguida por um longo uivo, de congelar os ossos, por sua vez seguido de um grito muito alto.

– O que foi isso? – disse William Spiver.

– É o Senhor Klaus – disse Flora. – Está atacando alguém.

Houve outro grito, depois vieram as palavras. – George, George!

– Uh-oh – disse o pai de Flora. – É a Philis.

– Mamãe – disse Flora.

Ulisses ficou tenso. Cravou as garras no ombro de Flora.

Flora olhou para ele.

Ele meneou a cabeça.

Então o pai de Flora correu porta afora, Flora foi atrás dele, William Spiver foi atrás dela. Mais um grito da mãe dela ecoou pelo corredor abaixo. – George, George – ela gritou –, por favor, diga que minha menininha está aqui!

Flora virou-se e falou para Tootie: – Traga o abajur! Ela está preocupada com Ana Maria.

Houve outro grito.

Eu?, Flora pensou.

– Ela está aqui – disse o pai de Flora.

A mãe de Flora começou a chorar.

ERA HORA (DE NOVO) DE DERROTAR UM VILÃO.
O ESQUILO PRECISAVA SALVAR SUA ARQUI-INIMIGA.

QUEM VAI VENCER?

QUEM VAI SER DERROTADO?

– Acalmem-se todos – disse Tootie. – Está comigo.

Ela entrou na briga e acertou a cabeça do Senhor Klaus com Ana Maria.

O gato caiu no chão, e a pastorinha, como se estivesse espantada com sua própria violência, se despedaçou.

Seu rosto se quebrou, seu lindo e perfeito rosto cor-de-rosa. Os pedaços da cabeça de Ana Maria se espatifaram no chão, tilintando.

– Ops – disse Tootie –, eu a quebrei.

– Uh-oh – disse Flora.

Mas a mãe não estava olhando para o abajur, ou para o que tinha sobrado dele. Estava olhando para Flora.

– Flora – sua mãe disse. – Flora. Fui para casa e você não estava lá. Fiquei apavorada.

– Ela está aqui – disse William Spiver. Ele empurrou Flora levemente na direção da mãe.

– Estou aqui – disse Flora.

A mãe passou por cima dos cacos da pastorinha quebrada e abraçou Flora.

– Minha menininha – disse a mãe.

– Eu? – disse Flora.

– Você – disse a mãe dela.

CAPÍTULO SESSENTA E SETE
O sofá de crina de cavalo

A mãe de Flora estava sentada no sofá de crina de cavalo. O pai estava sentado ao lado. Ele segurava a mão dela. Ou ela segurava a dele. De todo modo, a mãe e o pai estavam de mãos dadas.

A doutora Meescham desinfetava as mordidas e arranhões da mãe de Flora. – Auch, auc, aiiii – dizia a mãe de Flora.

– Venha – a doutora Meescham disse para Flora. Bateu com a mão no sofá de crina de cavalo. – Sente-se. Ao lado da sua mãe.

Flora sentou no sofá e na mesma hora começou a escorregar dele. Será que havia algum truque para sentar no sofá? Porque decerto ela não o conhecia.

Então William Spiver sentou ao lado dela, de modo que a menina ficou entalada entre a mãe e o menino.

Flora parou de escorregar.

– E subi até o seu quarto – disse a mãe de Flora. – Subi a escada até seu quarto e você não estava lá.

– Eu estava procurando Ulisses – disse Flora. – Pensei que você o tivesse raptado.

– É verdade – confessou a mãe. – Raptei mesmo.

Sentado no ombro de Flora, Ulisses fez que sim. Seus bigodes roçaram na bochecha dela.

– Eu queria endireitar as coisas de algum modo. Queria que as coisas voltassem ao normal – disse a mãe de Flora.

– A normalidade é uma ilusão, é claro – disse William Spiver. – O normal não existe.

– Quieto, William – falou Tootie.

– E, quando voltei e você não estava... – disse a mãe de Flora. Ela começou a chorar de novo. – Não me importa o que é normal. Só queria você de volta. Precisava encontrar você.

– E ela está aqui, senhora Buckman – disse William Spiver, com voz muito suave.

Estou aqui, Flora pensou. *E minha mãe me ama. Santa bagumba.* Então ela pensou: *Ah, não, eu vou chorar.*

E chorou mesmo. Lágrimas grandes e gordas rolavam por seu rosto, caíam no sofá de crina de cavalo e tremiam por um segundo, até sumir.

– Está vendo? – disse a doutora Meescham. Ela sorriu para Flora. – Eu disse. Esse sofá é assim.

– Senhora Buckman – disse William Spiver –, o que a senhora tem na mão? Que papel é esse?

– É um poema – disse a mãe de Flora –, de Ulisses. É para Flora.

– Veja só! – disse Tootie.

Todos olharam para Tootie. Ela estava em pé ao lado da Ana Maria sem cabeça, que estava ligada na tomada e brilhava. – Ainda está funcionando. Não é incrível?

– Por que não lê o poema, Philis? – disse o pai de Flora.

– Ai, que lindo – disse Tootie –, uma leitura poética.

– É um poema de esquilo – disse a mãe de Flora. – Mas é bom.

Ulisses inchou o peito.

– Palavras para Flora – disse a mãe dela. – O título é esse.

– Gosto desse título – disse William Spiver.

Ele tomou a mão de Flora. E a apertou.

– Não aperte minha mão – disse Flora.

Mas ela segurou firme a mão de William Spiver e ficou ouvindo a mãe ler o poema escrito por Ulisses.

CAPÍTULO SESSENTA E OITO
Fim (ou algo parecido)

*E*sse poema foi só o início, é claro.

Haveria outros.

Ele precisava escrever sobre Blundermeecen, onde sempre, sempre atendiam à porta. Precisava escrever sobre como Philis Buckman fora salva do Senhor Klaus. Precisava escrever sobre Ana Maria, quebrada e ainda brilhando.

Precisava escrever um poema sobre peixinhos.

Também queria escrever sobre coisas que ainda não tinham acontecido. Por exemplo, queria escrever um poema em que a mãe de William Spiver telefonava e pedia que ele fosse para casa. E um poema em que o doutor Meescham viesse visitar a doutora Meescham, sentasse ao lado dela, sussurrasse e a visse dormir. E talvez houvesse um poema sobre um sofá de crina de cavalo. E outro sobre um aspirador de pó.

Ele escreveria sem parar. Faria coisas maravilhosas acontecerem. Alguma coisa seria verdade. Tudo seria verdade.

Quase tudo seria verdade.

Ulisses olhou pela janela e viu o sol brilhando no horizonte. Logo seria hora de comer.

Uma ideia maravilhosa ocorreu ao esquilo.

Talvez no café da manhã houvesse donuts, donuts gigantes.

EPÍLOGO
Poesia de Esquilo

Palavras para Flora
Nada
seria
mais fácil sem
você,
porque você
é
tudo,
tudo mesmo —
sprinkles, *quarks*, donuts
gigantes, ovos estrelados —
você
é o universo
sempre em expansão
para mim.